好故事，一擊入魂！

八百擊

好故事，一擊入魂！

八百擊

道書
左

紅塵案

戚建邦 —— 著

紅塵案

目錄

第一章　捐客居

唐末，朱全忠篡位在即。

話說山南道欲峰山無道仙寨山腳，市集大街巷內僻靜處有間傾頹宅院，看似廢棄陰森，偏偏老舊紅門兩旁點有燈籠，火光黯淡，終年不熄，隱隱照亮門上金漆斑駁的牌匾，匾書：「捐客居」。

一名中年男子立於捐客居外，鄉農打扮，揹著包袱，目瞪口呆瞧著破爛招牌。他左顧右盼，市集雜耍叫賣喧囂不絕於耳，捐客居附近卻四下無人，也不知眾人是刻意避開，還是不屑與之爲伍。鄉農不識字，有人在紙上寫了「捐客居」三個大字給他。他拿高紙張，比對招牌，確認自己沒找錯地方，無奈吞口口水，上前敲門。哪知他手才剛碰到門，紅漆大門「啊」地開啓，既不是風吹，門後也沒人，只嚇得他直打哆嗦。鄉農雙腳發抖，深吸口氣，清清喉嚨，喊道：「有……有人在家嗎？敢問……血捐客……血先生在嗎？」

門後是座窄院，木架散置，落葉滿布，怎麼看都像鬧鬼陰宅，妖怪洞府。鄉農嚇得厲害，張口說道：「血先生不在，我……白天再來！」說完轉身便要離去。

院子對面房舍中突然冒出火光，點燃蠟燭。一道高大身影來到門口，擋住燭光，嗓音宏亮道：「貴客來訪，還請進來。」

鄉農頭皮發麻，不敢不從，只得跨越門檻，步入院內。那大漢走出屋簷，月光下凶神惡煞，倒也不太像鬼。鄉農強擠笑容，點頭招呼，邊走邊道：「小……小人王阿牛，有事要找血先生。閣下……就是血先生嗎？」

那大漢搖了搖頭，比手勢請鄉農入內。王阿牛轉頭一看，嚇得跳了起來。原來屋內燭光後多了道身影，婀娜多姿，是名女子。女子身穿紅衫，耳戴水滴狀紅耳環，食指交扣，抵在桌上，笑盈盈地看著他。火光黯淡，瞧不清楚容貌，但光影灑落下，詭異與美艷交織，看得鄉農傻了，彷彿置身夢中。

女子開口，嗓音豪爽，說道：「姑娘喚作血如冰，江湖朋友瞧得起的，稱我一聲血掮客。我瞧王大哥是外地人，不知道大老遠跑來仙寨找我，有何貴幹？」

王阿牛愣愣跨越門檻，來到血如冰面前，見她點頭，便在桌子對面坐下，吞吞吐吐說道：「原來……血先生是位姑娘，小人眞是……」

血如冰揚眉：「王大哥該不會見我是女子，便不願找我了吧？」

王阿牛忙搖手：「不！不！不！」近看之下，血如冰容貌艷麗，比他往常見到的村姑好看許多，只看得王阿牛低下頭去，不敢亂瞧。他說：「我是……巴州城郊玄南山山腳下草田村來的。年初玄南山有人聚眾爲盜，打家劫舍，山腳下的農村深受其擾。咱們三個村子的人籌了點錢，想請血……血姑娘幫忙安排，處理此事。」

血如冰問：「王大哥想要怎麼處理？」

王阿牛恨恨地道：「殺光他們！」

血如冰皺眉：「有私仇？」

王阿牛點頭：「他們搶了我未過門的妻子去做壓寨夫人，我……我一定要救她回來！」

血如冰瞧他片刻，搖了搖頭：「此事該當巴州刺史所管，怎麼符道昭不肯派兵剿匪嗎？」

王阿牛說：「刺史的兵馬讓梁王調去平魏州民亂了。衙門叫我們自己解決。」

血如冰靠上椅背，側頭上下打量，說：「你可知道無道仙寨是什麼地方？」

王阿牛點頭：「人家說無道仙寨無法無天，但終究是做買賣的地方。」

血如冰嘆氣：「要不是打著赤腳上山，一望而知沒有油水，你背上的包袱早就讓人擄了。你們籌了多少錢找人剿匪？」

王阿牛低聲道：「五十兩銅錢。」

血如冰瞪大眼：「才五十兩？」

王阿牛呆問：「不夠嗎？這是我們三個村子的人所有家當了。」

血如冰轉頭看了壯漢一眼，嘆道：「錢少有錢少的做法。玄南山多少盜匪？」

王阿牛神色茫然：「這……」

血如冰又問：「匪寨坐落何處，總知道吧？」

王阿牛愣愣說：「那什麼……就在玄南山呀。」

血如冰閉上雙眼，揉揉腦側，片刻後睜眼道：「你這些都不知道，我要怎麼找人？你可知道光是派人查探就該收你五十兩？」

王阿牛苦著臉道：「那怎麼……姑娘，我……我這輩子收成的莊稼都給妳送一半過來！我給妳做牛做馬！求姑娘幫忙！求姑娘幫忙！」

血如冰冷冷搖頭，說道：「仙寨是做買賣的地方，扮可憐是沒用的。你只有五十兩銀。姑娘可以請人幫你打探匪寨內情，擬定破寨計策。守護鄉里乃村丁之責。到時候你們自組民兵，去救你女人回來。」

王阿牛抱緊包袱，大搖其頭：「這不跟把錢丟到水裡一樣？血姑娘不是這麼做生意的吧？」

血如冰雙眼瞇起，俏眉微蹙，屋內燭光晃動，陰風四起，只嚇得王阿牛包袱都掉地上。血如冰冷笑一聲，說道：「王大哥討價還價，倒教訓起姑娘不是了？」

王阿牛顫聲道：「不……不是……姑娘……三村百戶人家的性命和血汗……求姑娘幫幫忙。那盜匪……盜匪頭子陳一刀……是武林中有名的人物。莊稼漢子不懂武功，要我們自己上，不是送死去嗎？」

血如冰背靠椅背，雙手抱胸，轉頭與門旁大漢對看一眼。她沉思片刻，點頭道：「陳一刀此人，姑娘感興趣。這山寨我便免費幫你探了。你那五十兩，我可幫你雇人。但這價碼雇不到一流好手。端看匪寨勢力龐大與否，能否順利剿匪，殊無把握。」

王阿牛站起身來，拜倒在地，大聲道：「多謝姑娘！多謝姑娘！」

血如冰側頭，門口大漢上前提起王阿牛，把他放回椅子上。血如冰道：「你且莫多謝。我便問你。這五十兩，你要雇一個二流高手，溜入寨中，救你夫人出來；還是雇五名三流高手，趁夜混進去，把他們慢慢挑了？」

王阿牛問：「三流也算高手？」

血如冰答：「比你高。」

王阿牛又問：「敢問血姑娘是幾流高手？」

血如冰笑道：「我是掮客，不與人動手。」她收起笑容，又道：「我先說在前面。一個人進去救你夫人，成功機會大點。五個庸……三流高手要把全寨挑了，那可並不容易。王大哥可願拿三村鄉親的積蓄，只救你夫人一人？」

王阿牛爲難：「我……」

血如冰道：「三村鄉親籌錢給你，自是爲了剿滅盜匪，照說沒有只救你夫人之理。然則人不自私，天誅地滅。你若只救夫人，本姑娘是不會評判你的。只不過之後你們便得做對亡命鴛鴦，遠走他鄉，別讓三村的鄉親給找到了。」

王阿牛無比爲難，支支吾吾半天，給不出個答案。血如冰嘆氣道：「便請王大哥給我三天時間，趕去玄南山探查匪情。三日之後，形勢清楚了，咱們再作打算。」

王阿牛謝過血如冰，起身欲走。血如冰道：「王大哥，錢先留下。」

王阿牛大愣：「這……」

血如冰道：「我要雇人，總得要錢呀。難不成要姑娘先墊？」王阿牛還在遲疑，血如冰一攤手道：「老實說吧，王大哥，你在山寨盤桓，絕保不住這五十兩。還是先讓姑娘保管，較爲妥當。」

王大牛想了一想，乖乖解開包裹，取出五串銅錢，放於桌上。血如冰讓大漢收走銅錢，問道：「王大哥可有錢投宿？」

王阿牛搖頭：「窮苦漢子，找間破廟窩著便是。」

血如冰點頭：「巷尾有間城隍廟。別去，鬧鬼。市集以東有間夷教的清眞寺，只要你入教就能免費入住，至今沒聽說出過什麼亂子，應當不是邪教。往山上走到客棧街有座小白馬寺，那是本仙寨土生土長的佛寺，你這輩子沒見過如此市儈的和尚。沒錢的人去借宿會讓十八銅人毆打的。」

王阿牛冷汗直流：「我……我下山得了。找……找地方露宿便是。」

血如冰聳肩：「不忙。無道仙寨挺好玩的。王大哥一輩子難得來一次，正好見見世面。總之這三日之內，你別死了就好。」

王阿牛戰戰兢兢，走出院門。在門外站立片刻，左顧右盼，緩緩走開，也不知道上哪兒去了。

壯漢來到血如冰對面坐下，問道：「冰姊，陳一刀是黑鷹宮大弟子。據說他們的飛鷹刀法絕妙，練到頂峰能與玄日宗的開天刀法比美。我沒聽說黑鷹宮沒落了，陳一刀怎麼會落草爲寇呢？」

血如冰道：「我哪知道？咱們老在仙寨裡做買賣，江湖上的事又沒在打聽。這年頭到哪兒不得罪人？我看黑鷹宮八成是得罪了西川王建，給趕到山南道來廝混。飛鷹刀法的圖譜，聽說幾年前就傳給陳一刀了。」

壯漢問：「冰姊要奪這圖譜嗎？」

血如冰沉思說道：「本來黑鷹宮勢大，我沒打過他們主意。如今他們淪爲盜匪，豈有不打落水狗之理？」

壯漢皺眉：「冰姊，人家說貪多嚼不爛。妳收集這麼多武功祕笈，偏偏又練不扎實。眞想變成高手，應該要拜師學藝嘛！」

血如冰搖頭：「人家說博學多聞。姊姊見多識廣，做買賣方便。人家一招一式讓我一眼認出，那可是唬人得很呀。」

壯漢依然搖頭：「這三年來，我們收集了十幾本祕笈，可沒一本當眞是高深功夫。冰姊，兄弟知道妳報仇心切，開門做買賣，也是爲了結識高人。但……」血如冰瞪他一眼，他頓了一頓，揚手說道：「好！妳不愛提，我便不提。反正這武功祕笈拿出來賣，也有賺頭。就像市集裡的雪蓮、血蟾什麼的，貨物既出，概不退換。不過據說陳一刀武功不錯，咱們打不打得過他？」

血如冰說：「要你去偷祕笈，又不是去打架。」

大漢瞪大眼：「啊？又我去呀？」

血如冰笑道：「你曹諫綽號『不死神偷』，要偷祕笈，當然是你去！」

大漢搖頭：「那『不死』是說我皮粗肉厚能挨打，是小沈那夥人糗我來著。冰姊可千萬不要當眞啦！」

血如冰道：「行啦。這事麻煩，我總不能讓其他夥計去幹。你就跑這一趟吧。你要有辦法順手把王大嫂也帶出來，咱們可就賺了五十兩。」

「難賺，太難賺了。」曹諫搖頭晃腦。「不是我長他人威風，而是有自知之明。這五十兩，我賺不了，還是拿去請人吧。」

血如冰瞪他片刻，皺皺眉頭：「沒志氣。去刀客窟。」

「不忙，冰姊！」曹諫笑容神祕。「今晚約了顧客。」

血如冰眼睛一亮：「有生意約好了上門？」

曹諫笑道：「是呀！天仙客棧黃掌櫃轉介的。」

血如冰得意：「是吧，我就說嘛，給黃掌櫃每個月五兩銀子不算白花。他們開客棧的外地客多，介紹生意方便。這做法可行，我再去跟其他客棧套套交情。」

曹諫讚道：「冰姊的主意就是高明。」

血如冰說：「好了，裝神弄鬼的派頭再擺一回。人家既然是經由介紹找來的，咱們可得做場好戲，別讓人家瞧出底細。叫小沈備好陰風，搧風的力道拿捏好點，別像上次那樣葉子都吹到人家臉上……」

門外有道宏亮的聲音喊道：「血揹客在家嗎？」

血如冰連忙揮手，要曹諫迎客；自己正襟危坐，扮演高人。曹諫來到前院，揚聲道：「不知何方貴客大駕光臨，請進，請進。」

一名虯髯大漢步入院中，邊走邊道：「在下玄槍門李雲天。有事拜會血揹客！」

曹諫迎李雲天進屋，隨即拱手退到一旁。李雲天見血揹客是位美貌姑娘，眼睛一亮，笑道：「大名鼎鼎的血揹客原來貌美如花，李某人真是有眼福啦！」

血如冰臉色一沉，說道：「李大爺口沒遮攔。姑娘當你性情中人，且不與你計較。」

李雲天連忙抱拳：「血姑娘可別生氣。李某人是大老粗，說話老是得罪人。我說姑娘貌美乃是眞心稱讚，絕無輕薄之意。」

血如冰冷冷看他，嘴角上揚，說道：「李大爺請坐。」

李雲天隔桌坐下。血如冰翻轉茶杯，幫他倒杯涼茶，問道：「李大爺找我，不知有何貴幹？」

李雲天舉杯喝茶。那茶又涼又苦，難辨好壞，便當是沒喝了，說道：「在下師門遭難，帶了僅存兩名師弟流落無道仙寨。此刻手頭甚緊，得盡快找件買賣。聽聞血揖客神通廣大，特來請教。」

血如冰聽他說自己神通廣大，心裡高興，臉上不動聲色，問道：「姑娘孤陋寡聞，不曾聽說貴派名號。不知玄槍門擅長什麼武功，功夫……高不高明？」

「血姑娘誠懇坦白，沒聽過就說沒聽過。咱們玄槍門吶，唉……」李雲天神色慚愧，低下頭去：「不過就是個地方小門派。想那玄日宗稱霸江湖數十載，武林中人誰都想沾他們光，這些年間不少新興門派取名時都會用到一個『玄』字，什麼玄刀、玄虎、玄陰陽的，咱們玄槍門就是那些不長進的門派之一。」

血如冰點頭：「那就是說你們武功不行了？」

李雲天說：「我師父說槍是兵中之賊。把槍耍出氣勢，想要做威做福，魚肉鄉里，也就夠了。咱們是……先成立玄槍門，再來創功夫的。」

血如冰忍笑點頭：「原來是地痞流氓。李大爺想做什麼買賣？」

李雲天道：「錢莊。」

血如冰揚眉詢問：「偷還是搶？」

「搶！」

血如冰搖頭：「不自量力是會死無全屍的。」

李雲天吞嚥口水：「請姑娘指點。」

血如冰神色正經，好似指點迷津的仙姑。她說：「賺錢妙計，姑娘隨時備著幾件。除了分成在仙寨裡幹和在仙寨外幹，另外還以難易分之。我且問你，你想在仙寨裡幹，還是出仙寨辦事？」

李雲天問：「敢問有何差別？」

血如冰解惑：「無道仙寨是個自掃門前雪的地方。『一入仙寨，後果自負。』你在這裡殺人放火，不會有人來抓你，只要應付找你報仇的人就好。也就是說，只要一開始做得夠絕，斬草除根，就不必擔心日後麻煩。」

李雲天問：「不會像外面那樣，還得應付官府？」

血如冰點頭。

李雲天笑道：「那聽起來不錯。」

血如冰笑：「不自量力是會死無全屍的。憑你那點本事，少妄想在仙寨裡殺人放火。別說姑娘不照顧你，簡單簡單再簡單的賺錢妙計，現成有一個報給你知。你先拿五兩來。」

李雲天訝異：「啊？先付呀？」

血如冰瞪眼：「這麼便宜，你付不出來？」

李雲天爲難：「我……我以爲得手之後再來跟姑娘拆帳……」

血如冰說：「大買賣可以拆帳。此等入門級數的買賣，姑娘怕你回不來。」見李雲天遲疑，她繼續道：「你若能辦成此事，證明實力，日後自有更好的買賣介紹給你。」

李雲天自腰間錢袋裡取出一串銅錢，緩緩放在桌上。「血姑娘，李某人交了妳這朋友，妳可別耍我。」

血如冰抄起銅錢，丟給曹諫，笑道：「我血捐客神通廣大，不會耍你。聽好了，巴州城郊，玄南山腳下有座草田村，近幾個月來深受盜賊騷擾。你們假扮玄南山盜賊，報上黑鷹宮陳一刀的名號，入村收取貢金。村民不敢反抗。」

李雲天皺眉：「妳肯定他們不反抗？」

血如冰笑道：「盜賊搶了他們多回，還抓女人去當壓寨夫人，他們都沒反抗。放心吧，那些村民只想等人去救，自己不敢反抗的。」

李雲天謝過血如冰，離開掮客居。聽他道謝的語氣，似乎也不如何誠懇。曹諫待他走遠，問道：「冰姊，你這樣對待草田村民，是否不太厚道？」

「傻瓜，」血如冰搖頭。「我介紹他去搶其他人，又算比較厚道嗎？草田村民若是任由他們搶，那是自己活該。但若他們起身反抗，反抗玄槍門總比黑鷹宮好。」

門外有人破口大罵：「血如冰！妳這臭娘兒們，給老子滾出來！」

血如冰花容失色，低聲問曹諫：「什麼人呀？說我不在！」

曹諫認得嗓音，說道：「是『全武行』的江老大。」

血如冰鬆了口氣：「那就不怕了。」她理理裙襬，出門來到院中，笑道：「江大哥，什麼事氣成這樣？」

門外一名中年漢子，短衫勁裝，跳入院內，喝道：「血如冰，妳什麼生意不好做，欺到老子頭上來了？」

門外跟進六個人來，都是全武行的夥計。曹謙一看對方人多，連忙吹口哨，揹客居躲在暗處裝神弄鬼的夥計也跑了出來。雙方人馬就在院子裡展開對峙。

血如冰等自己的人馬到位，膽子大了，這才說道：「江大哥，仙寨裡賣武功祕笈的又不是只有你我兩家字號，什麼叫我欺到你頭上來？」

江老大罵道：「瞧妳臉都不會紅的！我問妳，黑馬寺的《蘭若神功》，我都賣了，妳怎麼還賣？」

血如冰大笑：「沒規矩說同一本祕笈只有一家能賣呀！韓幹的牧馬圖還不是每家畫舖都有在賣，每家都說自己是眞跡？」

江老大大怒：「妳要賣也先講好哇！人家祕笈裡沒有的內功口訣，妳幹嘛多事加進去？」

血如冰嘆氣：「江大哥，你講講理。祕笈叫做《蘭若神功》，裡面竟然沒有內功口訣，只有外功招式。顧客買回家會說我招搖撞騙呀！」

江老大更怒：「妳怎麼不說妳有我沒有，人家跑回來說我招搖撞騙呀？再說，妳做生意缺不缺德？瞎掰內功口訣，人家買回去練到走火入魔，怎麼辦？」

血如冰搖手：「不是瞎掰！我是拿寧靜寺《琉璃寶典》裡的內功口訣擷錄進去

的。練不死人，你放心啦！再說，那點粗淺功夫，怎麼可能走火入魔？」

江老大囚神惡煞：「臭婆娘，不要以為在仙寨裡可以靠臉吃飯！胡搞瞎搞，不教訓妳一頓是不行的！」說完一聲發喊，撲了上去。

曹謙蓄勢許久，當即迎上前去，出拳架開江老大的虎爪。全武行的夥計一看老大動手了，連忙也湧了過去。掮客居的人齊聲大喝，各自挑好目標迎敵。無道仙寨打架有個不成文的規矩，尋常生意口角是不亮兵刃的。只因仙寨各式生意競爭激烈，大家賣的貨都差不多，價錢如何各憑本事，是以同行之間經常為了搶生意說僵了而動手。倘若隨便就亮兵刃，死的人可多了。

雙方夥計能在無道仙寨討生活，自不是尋常漢子，總都練過眞功夫。兩邊人馬交鋒片刻，打得是拳拳到肉，鼻青臉腫，斷牙噴血，好不熱鬧。街上有人聽到打架，紛紛湧入暗巷，聚集而來，有的擠在掮客居大門口，有的就爬到牆上大聲起鬨。

血如冰原本站在內堂門口，旁觀雙方混戰。此刻一看有人圍觀，立刻揚起銀鈴般的悅耳嗓音，好整以暇品評道：「江大哥的南山虎爪功耍得虎虎生風，可謂聲勢駭人。只可惜我們家曹謙的打虎拳專克虎爪。哎呀？不愧是賣武功祕笈的，武功很雜嘛！這麼一轉手又變成玄鷹派的『海冬青大鷹十字爪』。根據小妹這兩年來販售祕笈的心得，武功名稱超過五個字的都很多餘，不練也罷。是不是？曹諫這招『打虎直進』，你若使出虎爪功裡的揮字訣，便能輕易盪開，偏偏你要玩鷹爪。華而不實，中招了吧？」

江老大來揗客居問罪，原擬好好教訓血如冰一頓，順手吃吃豆腐。想不到血如冰的玉手還沒碰到，光她的手下曹諫就已拾奪不下。耳聽血如冰冷言冷語，句句有如扎在屁股上的繡花針，怎麼聽怎麼不是味兒。加上圍觀人群越來越多，眼看自己就要淪爲笑柄，他鬼叫一聲，逼開曹諫，喝道：「血如冰！有本事就來跟老子單挑！老讓手下動手，成何體統？我看妳根本就是賣臉的，手裡沒有半點本事！」

曹諫趁他說話，一拳捶在他左臉上，罵道：「姓江的，我們冰姊的武功深不可測，一根指頭便把你當蟲壓扁。想跟她動手？你不配！」

江老大捂住臉頰，吐出斷牙，氣呼呼道：「什麼深不可測，根本是假扮高人！姓血的，賣臉到窯子去賣，別來跟我搶生意！」

血如冰側頭看他，冷笑說道：「江大哥，今日教你個乖。你要賣武功祕笈，就別讓人看出你武藝低微。」她抬頭朝向門外和牆上的觀眾說道：「各位評評理，要買武功祕笈，各位是會跟我貌美如花，深不可測的血揗客買，還是向這滿臉橫肉，武藝低微的江老大買呀？」

眾人異口同聲，都說要找血揗客買。「血姑娘武功深不可測！江老大吃狗屎！」「老江呀，做人要懂得藏拙嘛！」「哎呀！你祕笈賣不好是自己的問題，怪到血姑娘頭上算什麼鬼？」「真是不會做生意。深不可測又不難！老子的武功也是深不可測呀！」「你不知道呀！我聽說江老大的祕笈偷工減料，好好的蘭若神功，被他刪了內功口訣拿出來賣呀！」「這麼缺德？」「可不是嗎？」

江老大氣得滿臉通紅，運起十成功力，施展獨門絕學「老虎發威神掌」，勢如猛虎般撲向血如冰。血如冰哈哈一笑，轉身不理會他。就聽見「碰」地一聲巨響，曹諫已經搶過去接下他的神掌。江老大後退兩步，身形搖晃，「哇」地噴出一口鮮血。他捂住胸口，神情凶狠，罵道：「血如冰，算妳狠。我告訴妳，曹諫不可能時刻在妳身邊保護妳！等妳落單的時候，就看老子如何……」

四周觀眾同時開罵：「操你媽！說的是人話不是？」「不要臉！江老大，太不要臉啦！」「王八蛋！」「吃狗屎！」「要不是在無道仙寨呀，我就帶人去拆了你的全武行！」

江老大見犯了眾怒，不敢再說，只好帶手下悻然離去。

圍觀人群解散，夥計收拾院子，血如冰搖頭嘆息，說道：「曹諫，這兩天或許不太安寧，你還是待在我身邊好了。玄南山的事……去刀客窟雇人吧。」

曹諫喜道：「那太好了！對付黑鷹宮要暗著來，咱們僱用『夜行黑刀』沈小小怎麼樣？」

血如冰搖頭：「沈小小很貴！村民那五十兩哪夠啊？」

曹諫失望：「啊？那找誰？」

血如冰：「去看看再說。」

兩人步出院門，走出暗巷，朝街尾刀客窟而去。

第二章　刀客窟

刀客窟位於市集大街街尾，乃是無道仙寨僱用刀客聚集之地。刀客窟老闆綽號刀客兄，是名中年胖子，商人打扮，市儈嘴臉，油腔滑調，銅臭十足，但據說刀法精奇，深不可測，乃是無道仙寨中數一數二的高手。對此，同爲深不可測的血如冰滿心存疑。

「血姑娘又來光顧了！」刀客兄笑盈盈地迎入血如冰及曹諫，說道：「戌時將至，小人得去門口吆喝。請姑娘稍坐，叫些水酒喝。」說完趕往門外。

刀客兄吆喝攬客堪稱市集大街一絕。每日酉戌二時，刀客窟門口總是擠滿人潮，等著聽他吆喝。他吆喝時會有兩名刀客伴隨身後，秀刀法、耍絕技。每場耍刀之人皆不相同，端看當時在場刀客而異。今日同他一起上場的是「狂刀山莊」的老刀狂及「袖裡藏刀」柳七娘。就看那刀客兄往門口一站，大喝一聲，老刀狂及柳七娘隨即在觀眾掌聲中耍起刀來。

老刀狂手持九環刀，刀光霍霍，勢若癲狂，唬得眾人連退三步。有人在懷裡備好一堆落葉，一看刀狂出手，連忙把落葉都灑了出去。就看那團落葉隨著刀勢飛舞，拖曳縱橫，久久不落，眾人鼓掌叫好！

柳七娘的袖裡刀輕盈詭譎，盡掩鋒芒，跟老刀狂的狂刀大異其趣。她體態優雅，身法飄逸，旁人往往感到刀光一閃，卻始終不見其刀。要不是她在刀客窟門口演示武功，不知情的人還以爲她使的是掌法，不是刀法。

就聽刀客兄大聲吆喝：「刀客唷，刀客唷，快來雇刀客唷！各式刀客應有盡有，幹什麼都方便囉！我們有老不死的長青刀客，有剛出爐的新鮮刀客。有男刀客、女刀客、不男不女中刀客！大刀、小刀、彎刀、飛刀樣樣能使！剁匪看大刀、行刺耍飛刀、保鑣袖中刀、殺雞斬牛刀！刀客唷！我們沒有，你也不要！天南地北的刀客任君挑選，雇刀客囉！」

他這句「雇刀客囉！」一吆喝完，老刀狂和柳七娘同聲大喝，收刀抱拳，朝四方行禮答謝。旁觀眾人鼓掌叫好，要求兩人再耍一套。刀客兄笑道：「各位朋友，刀客窟的刀客專做買賣，不耍把戲。若有要雇刀客的，還請入內商談。今日大家運氣好，刀客窟裡高手如雲。別的不說，光我身旁的老刀狂和柳七娘就是世間少有的武學奇才！不管你是要報仇雪恨，保鑣護院，打家劫舍，還是殺人放火，我們這裡都有你要找的人！進來談呀！」

血如冰和曹諫是熟客，沒理會門口吆喝耍刀，坐在刀客窟裡喝茶閒聊。刀客窟內的陳設與一般酒樓沒啥兩樣，不過分爲內外兩廳。外廳桌數較多，是給雇主客人坐的。內廳則是待價而沽的刀客，有些是熟面孔，有些則是因緣際會流落此地的過客。曹諫一邊喝茶一邊打量內廳刀客，失望說道：「夜行黑刀和七海遊龍都不在。今晚沒什麼知名高手。」

血如冰無所謂：「反正沒錢請知名高手。若能挑到功夫夠硬的便宜新人，那才是樂趣呢。」

曹諫又看一會兒，看不出所以然來，便道：「冰姊，妳剛剛差點讓江老大逼得出手了。咱們得想個辦法坐實妳武功深不可測的門面才好。」

血如冰皺眉：「不是說無論如何不要出手就行？」

曹諫道：「仙寨裡太多從不出手的絕世高手。刀客兄就是其中之一。但是沒人會逼刀客兄出手，因爲他手下刀客就夠唬人了。妳血揹客手下眞能打的就我曹諫一人，而我的功夫也只比三腳貓好一點點。外人見妳嬌滴滴的美人，想找麻煩的可不會少。如今揹客居生意做起來了，妳若不來個下馬威，難以杜絕江老大這等好事之徒。」

血如冰吐舌頭：「我也想過要找個高手來做戲，只不過仙寨裡行家太多，只怕唬不過人。」

曹諫點頭：「我們收了這許多武功祕笈，雖然沒有絕世武功，但要在其中挑選巧妙招式，突然施展出來唬人倒也不是辦不到。只要高手配合得宜，定能讓妳一鳴驚人。」

血如冰凝神思索，道：「《霹靂神掌》裡的『晴天霹靂』是夠凌厲，但就怕我施展不出那份霸氣。《玲瓏刀》有一招『千刀萬剮』很花俏，不過拿捏不穩會傷人的。《虛鳳訣》的『浴火轉生』最像絕世武功了，可是要使得舉重若輕，至少得練上半年。」

曹諫神色佩服：「冰姊一下子就把我心裡想到的招式都說出來了……老實說，冰姊，妳武功究竟如何？是不是眞的深不可測呀？」

血如冰搖頭：「這你就別多問了。連你都唬不過，我怎麼唬其他人呢？總之，比三腳貓好一點點。收集武功祕笈，即使不練，也要增廣見聞，達到唬人不吐骨頭的境界。」

曹諫豎起大拇指：「高見！那就苦練《虛鳳訣》吧！」

血如冰眼珠轉動，語氣遲疑：「我認爲《虛鳳訣》怪怪的。那是我們的祕笈裡唯一有可能練到走火入魔的功夫。如果沒猜錯，這門武功定有師徒口耳相傳的訣竅，沒記載在祕笈裡。倘若資質不夠，練之有害無益。」她沉思片刻，轉向曹諫：「我看暫時別把它拿出去賣。」

曹諫瞪大雙眼：「啊？上個月已經賣出一本了。」

血如冰揚眉：「賣給誰了？」

曹諫說：「『田園畫坊』的陳書生。」

血如冰說：「每日去畫坊走走，留意他有沒練出亂子。」

刀客兄終於忙完，來到兩人桌前，笑容滿面道：「血姑娘又來光顧啦！眞是生意興隆，大發利市。今日想找什麼貨色？」

血如冰回：「輕身功夫高點的。」

「輕功高，有！」刀客兄回頭朝內廳比劃，一名刀客連忙上前。刀客兄說：「大漠來的射鵰英雄，綽號『野馬草上飛』呀！」

血如冰見草上飛相貌醜陋，穿著邋遢，還打赤腳，滿臉嫌惡道：「喔！沒穿鞋！我們揹客老祖宗有明訓，連鞋都穿不起的刀客，免談！」

刀客兄哈哈大笑：「說得好！見解精闢！小人受教了！」他轉頭對草上飛說：「早叫你買鞋穿，你偏偏要買飯吃！人要衣裝，佛要金裝，你不下點功夫打扮，誰要僱用你？」

草上飛滿臉無辜：「我再不吃東西就餓死了呀。」

刀客兄：「哪那麼容易餓死的？你專長是輕功嘛，瘦一點就更輕啦！滾了！滾了！」他環顧內廳，又揮手招來另一名刀客。此人年近三十，相貌英俊，身材高瘦，腰掛短刀，賣相甚佳。刀客兄介紹道：「蓬萊島春蟬派高手，綽號『七日磕頭俠』！他的蟬翼刀砍下去，人家的頭要七天才斷！厲害吧？」

血如冰斬釘截鐵：「擁有這種綽號的人，我不要！」

刀客兄鼓掌道：「說得好！我就說嘛，你沒事取個綽號叫『磕頭俠』幹什麼？你磕得很快樂嗎？去那邊蹲著！」

磕頭俠嘟嘴回去。第三名刀客上前。此人人高馬大，殺氣騰騰，點點鬍碴透露滄桑之氣，一望而知是名落魄高手。血如冰肅然起敬，好感頓生，朝刀客微微點頭。

刀客兄眼尖，知道血如冰看對眼了，連忙胡吹起來：「血姑娘，別說我胡亂介紹呀！這位可是咱們刀客窟的鎮窟之寶！」

「你等等吧！」血如冰揮手打斷他。「我上個月來，鎮窟之寶不是『七海遊龍』嗎？」

刀客兄說：「喔，七海遊龍腳斷了，遊不動啦。這位遞補，更厲害呀！妳知道他叫什麼？『八方鳳凰七里香』啊！他的鳳凰刀一出鞘，刀氣縱橫，狂噴七里！」

血如冰不信：「行了，行了。胡說八道嘛。讓他自己來說。七里香，試刀。」

七里香手握刀柄，上身微傾，前腿弓，後腿繃，目露精光，全神貫注。血如冰喝乾茶碗，向上抛出。就聽「唰」地一聲，刀光閃過，七里香出刀收刀，一氣呵成。茶碗落回桌面，完好如初，微微顫動。

血如冰盯著茶碗，抿嘴問道：「你有砍到吧？」

七里香伸手夾住碗緣，拿起茶碗上半截，放在下半截旁。

血如冰鬆口氣道：「有砍到就好。我以爲又是個耍寶的。曹諫還價。七里香跟我去後面談。」說完起身，朝後堂走去。

刀客窟後門有間空房，專供客人私下密談、考校刀客功夫、或不願走大門離去之人使用。房中擺有一桌四椅，牆邊木架上備有筆墨紙硯，對面牆上掛有刀劍兵器，最後一面牆則是通往後街暗巷的後門。血如冰領頭進房，拉張椅子坐下，蹙眉沉思。她品評武功的眼光是有的，適才試刀，她已看出七里香刀法卓絕，內力深厚，在刀客窟中堪稱高手。幸好他新來乍到，沒沒無聞，不然五十兩絕雇不了他。就不知他是否擅長以一敵多，能不能橫掃匪寨？

七里香見她不說話，問道：「姑娘是要驗貨嗎？」

血如冰納悶：「驗貨？」

七里香將刀平擺桌上，開始寬衣解帶。

血如冰瞪大眼睛：「你幹嘛？」

七里香一愣：「我以爲姑娘……」

血如冰恍然大悟：「不是！沒有要驗這個貨！」

七里香神色窘迫，連忙穿回衣服。血如冰瞧見他厚實的胸膛，臉色微紅，問道：「怎麼……你還兼做這個呀？」

七里香不敢正對血如冰目光，低著頭說：「年月不好，只求溫飽。」

血如冰困惑：「你不是功夫很高嗎？」

七里香反問：「功夫高能幹什麼？」

血如冰試探：「打家劫舍？」

七里香義正嚴詞：「我七里香一生正義，絕不打家劫舍！」

血如冰心想：「那你還來無道仙寨？」嘴裡說：「好！我就是要你去對付打家劫舍的人。」

七里香長吁口氣，彷彿放下胸口大石。「那我就放心了。」

血如冰皺眉：「瞧你這樣兒，到底以爲我要找你幹嘛？」

七里香道：「血姑娘是刀客窟的常客，我聽其他刀客提起過妳。他們說血掮客……什麼都幹，沒有底線。只要有利可圖，可以濫殺無辜。」

血如冰深吸口氣，緩緩吐出。她說：「掮客居生意做起來了。吃得飽飯就能講原則。我等閒不會濫殺無辜的。」

七里香冷冷看她，也不知道相不相信。

突然間屋頂巨響，似乎有什麼東西墜落其上。血如冰與七里香同時抬頭，只見灰塵跌落，持續震動，顯然有人在屋頂奔跑。打鬥聲起，金鐵交擊，每一下都令血如冰耳膜震動，心頭狂跳。七里香湊到血如冰身邊，低聲道：「兩人相鬥，都是高手，但強弱懸殊，勝負立判。」

血如冰輕聲說：「不要出聲，別惹是非。」

屋頂傳出一聲響亮掌擊，中掌者直墜而下，落在後門之外。血如冰嚇得跳了起來，隨即躡手躡腳來到後門，就著門縫朝外偷看。只見一名二十來歲的黑衣男子癱倒在地，口吐鮮血，捂住右胸，奮力抬頭仰望屋頂。他的劍落在左手一丈之外，眼看是無力去撿了。

黑衣男子咳出喉中鮮血，顫聲說道：「師叔！求你放我一條生路！」

突然屋頂落下一道劍光，筆直插入黑衣人胸口。黑衣人腦袋癱垂，就此死去。

血如冰忍不住倒抽一口涼氣。七里香連忙出手捂住她的嘴。

屍體身旁地面人影晃動，眼看屋頂之人即將躍下。七里香輕拍血如冰肩膀，兩人自門口退開，一路退到牆邊。門外腳步聲起，後門「啊」地推開。一名約莫二十五歲的錦衣男子站在門外，手中的劍一片殷紅，答答滴血，顯然剛從黑衣人身上拔出。

血如冰強作鎮定，揚聲道：「壯士，我們什麼都沒瞧見。夜深了，還請回家睡覺。」

男子跨越門檻。

血如冰吞嚥口水：「無道仙寨是個自掃門前雪的地方。每天死幾十個人都沒人在管。壯士真的不必擔心我們多嘴。」

男子瞧她片刻，目光轉向七里香，隨即移向他腰間佩刀。

七里香神情緊張，手握刀柄，作拔刀勢。錦衣人神色輕蔑，直迎而上。七里香拔刀出鞘，右上斜砍。錦衣人順勢提劍，刀劍十字交叉，火星四濺。鳳凰刀斷成兩截，刀身飛出，釘在後門上兀自搖晃。七里香一條血痕自左肩劃至右腰，鮮血噴濺，倒在血如冰腳邊身亡。

血如冰嚇得臉色慘白，手腳發抖，嘴唇開闔，顫聲道：「壯士……英雄……大俠……無道仙寨連官府都沒有……沒人會查到你身上。請你饒過小女子……」

錦衣人提起長劍，血如冰驚恐至極，斗大的淚滴似小河般流落臉頰，模樣說不出的可憐動人。錦衣人長劍凝止，一時沒砍下去。他面無表情，語氣冰冷道：「玄日宗會派人來查外面那人的死因。我不願與他們糾纏，只好委屈姑娘。」

血如冰忙道：「不必委屈我！我不認識你們，什麼都不知道！」

錦衣人道：「妳聽見他叫我師叔。」

血如冰猛搖頭：「沒有！我沒聽見！大俠……大俠保養有方，看不出來是外面那位公子的師叔！他定是亂叫的！」

錦衣人側頭：「妳倒挺會說話。」

血如冰點頭：「小女子是……買賣揹客，靠嘴吃飯的。」

錦衣人揚眉：「不是靠臉？」

血如冰老實道：「也靠臉……但靠嘴多些。」

錦衣人抬起桌上蠟燭，照清楚血如冰容貌，左右端詳。血如冰雙耳各配一枚狀如血滴殷紅耳環，乃是她血揹客的標記。錦衣人拔下左耳那枚，伸手進懷裡摸索半天，取出一枚藥丸。放到血如冰面前。

「吞下去。」錦衣人說。

血如冰拿起藥丸，遲疑問道：「這什麼藥？」

錦衣人直說：「嶺南大白蟲。十二個時辰內服我解藥，妳就不會七孔流血而死。想活命就吞下去。」

血如冰瞪大雙眼：「大俠隨身攜帶會七孔流血的藥啊？」

錦衣人點頭：「我隨身攜帶很多藥。」

血如冰問：「你看都不看就拿出來了，不會拿錯嗎？」

「不會拿……」錦衣人眉頭一皺，拉開衣襟，細看懷中的藥包，隨即抬頭。「沒有拿錯。妳是不是不想吃？不想吃還給我。」

血如冰連忙把藥吞入腹中。

「跟我來。」錦衣人說完走出後門。血如冰看看七里香的屍體，快步跟了出去。路過門外黑衣人屍體時，錦衣人將血如冰的血滴耳環拋入屍體掌心。血如冰眼睜睜看著，什麼也不能做，只能無奈跟上。

第三章　餓鬼客棧

儘管市集大街不斷傳來喧鬧人聲，兩人行走的後巷卻十分僻靜。錦衣人邊走邊取出白布擦拭血劍。血如冰眼看那白布變得血跡斑斑，只能戰戰兢兢跟在後面。錦衣人丟棄血布，還劍入鞘，血如冰這才鬆了口氣。

「大俠，現在要去哪裡？」血如冰問。

「餓鬼客棧。」錦衣人答。

血如冰拉緊胸口衣襟：「客棧？你……你不會是想對我……」

錦衣人側眼看她，神色難辨，繼續行走。

血如冰鬆開衣襟，繼續問道：「大俠，你武功好厲害。小女子自認見多識廣，但卻瞧不出大俠武功家數。大俠說玄日宗會查此案，莫非你是玄日宗的人？」

錦衣人說：「妳知道越多，我越有理由滅口。」

血如冰膽戰心驚，閉嘴片刻，接著又說：「大俠，武林中人把玄日宗武功吹捧得出神入化。但我看來，連給你提鞋也不配。」

錦衣人問：「妳一緊張就會說個不停？」

血如冰點頭：「小女子確實有此惡習。」

「老實跟妳說了。」錦衣人晃晃配劍。「我此刻尚未決定要不要殺妳，不想跟妳太親近。妳最好別來惹我。」

血如冰當即閉嘴。雙眼骨碌碌亂轉，思索脫身之側。不一會兒來到餓鬼客棧對面巷口。錦衣人隱身黑暗，打量客棧門內，嘖一聲道：「好端端的叫什麼餓鬼客棧？」

血如冰解釋：「大俠有所不知。無道仙寨是比拳頭大的地方，開店不能取文謅謅的店名，一定要越凶惡越好。像什麼血泉當鋪、油鍋澡堂之類。」

錦衣人說：「可餓鬼客棧怪怪的吧？」

血如冰道：「所以他們生意不好。」

錦衣人輕哼一聲，道：「妳進去點桌酒菜，吃上小半個時辰。若是見到可疑之人，妳就製造騷亂絆住他。」

血如冰皺眉：「什麼人可疑？」

「玄日宗的人。」錦衣人說著，將血如冰推出巷口。「半個時辰後，油鍋澡堂見。去。」

一名黃衫女子突然步入餓鬼客棧。錦衣人神色大變，連忙拉回血如冰。錦衣人輕聲道：「那女的就是玄日宗的人。去絆著她，越久越好，別讓她上樓！」

「我要怎麼……」

錦衣人：「想活命就快點去。」

血如冰快步過街，焦急思考。她在客棧門口回頭，發現錦衣人閃入客棧側巷。血如冰步入大門，四下打量。客棧大堂沒有客人吃飯，生意果真不好。黃衫女子在櫃檯前跟掌櫃說話。

掌櫃說：「……是天字二號房。」

黃衫女子問：「適才有位公子來找過他？」

掌櫃：「是。上去了沒見下來，多半還在房裡。」

「多謝掌櫃。」黃衫女子說著轉向樓梯。

血如冰深吸口氣，迎向櫃檯，大聲道：「王掌櫃！」

掌櫃笑道：「唷。這不是血姑娘嗎？」

血如冰問：「掌櫃，打聽打聽，近日有沒有玄日宗的人入寨？」

掌櫃瞪眼前指：「巧啦！那位女俠就是呀！」

血如冰大驚：「不會吧！這麼巧？」

黃衣女子上樓中途轉頭看她，但卻不停步。血如冰喚道：「女俠！女俠請留步！小女子有事相商！」

黃衣女子無奈轉身，步下樓梯，問道：「姑娘何人，找玄日宗有什麼事？」

血如冰快步來到樓梯口，拱手行禮道：「小女子是山寨掮客，專門幫人擺平是非。只因玄南山盜賊作亂，滋擾鄉民。三村百姓籌錢委託小女子找人剿匪。可惜他們錢少，小女子找不到人。想起玄日宗為武林盟主，打抱不平，為民除害。小女子四下打聽，只想碰碰運氣。今日遇上女俠，三村百戶人家總算有救了！」

那黃衣女子一愣：「啊？我只是來找人，妳突然叫我去剿匪？」

血如冰說：「小女子為百姓請命，還望女俠救命！」

黃衣女子緩緩點頭：「巴州城外的玄南山嗎？好，包在我身上，姑娘請回吧。」

「咦？」血如冰沒料到她會直接答允。「就這樣？」

黃衣女子道：「區區盜匪，不足為患。」說完舉步又要上樓。

血如冰跟上一步。「可是……匪首是黑鷹宮陳一刀。據說他刀法很高呀！」

「我不比他差。」黃衣女子頭也不回，繼續上樓。

血如冰連忙跟上，急道：「女俠！」

黃衣女子停步問：「姑娘還有事嗎？」

血如冰說：「敢問女俠尊姓大名。我也好對村民交代。」

女子想了想，點頭道：「我叫上官明月。」

血如冰著實吃驚，訝異道：「妳就是金州菩薩上官明月？」

上官明月搖頭：「我不是菩薩，別這麼叫我。」

血如冰說：「上官姑娘率領玄日宗長安分舵對抗梁王大軍，拯救長安焚城，乃是貨眞價實的大英雄！妳的事蹟，就連無道仙寨的酒樓裡都有人編成歌曲傳唱呢！」

上官明月眼睛一亮：「喔？那有機會得要聽聽了。我來找人有事，姑娘請回吧。」

血如冰不知道要絆住對方多久，但如此草草說上幾句，實在稱不上是拖延時間。想起適才吞下的那顆七孔流血大白蟲，她心裡一急，口不擇言：「上官女俠氣宇不凡，人中龍鳳。小女子十分仰慕妳。能在女俠身邊多待一刻，都是好的。」

上官明月啞口無言，片刻後才道：「……姑娘這話說得我都不知道該怎麼接了。那就……不要仰慕太久。」

血如冰笑道：「不會！我經常仰慕人。仰慕一下就沒事了。」

兩人上了二樓，來到天字二號房門口。血如冰刻意揚聲說道：「女俠，玄日宗與無道仙寨向無往來。不知女俠為何入寨？」

上官明月說：「當然是有事了。」她輕敲房門，叫道：「師弟？師弟？我是上官師姊，請開門。」

血如冰說：「房內沒點燈火，多半沒人。」

上官明月沉吟道：「鄭瑤先來找他，掌櫃又說沒有下樓，應該還在房裡才對。」她左顧右盼，兩側客房也都沒有點燈。「孫姑娘也不在嗎？孫姑娘！」她見沒人回應，便即伸手推門。

血如冰急道：「女俠，房裡沒人，妳這樣不好吧？」

房門「啊」地開啓。房內陰暗，不過窗戶大開，灑落月光，一望可知沒人在房裡。上官明月步入其中，點燃蠟燭，四下察看。床上沒有被單被褥，衣櫃也是空的，看來不像有客入住。她回頭看向門口。血如冰往門旁掛牌一指，點頭道：「是天字二號房，沒錯。」上官明月走到窗口，發現窗閂斷裂，窗框有撞擊痕跡。

血如冰見她在房中沉思不語，便道：「上官女俠，撲了個空，眞沒意思。我先走一步。」

上官明月轉頭看她：「仰慕完了？」

血如冰笑：「仰慕嘛！等女俠挑了匪寨，我再來仰慕妳呀。」說完下樓離開。她一出客棧大門，立刻發足狂奔，邊跑邊想：「那魔頭要我拖住上官明月，定是需要時間清理房中事物。看來他要不是住在房裡的人，便是先前來找此人的什麼鄭瑤？武林中沒聽說過鄭瑤這號人物。若說魔頭是上官明月的師弟……玄日宗武學天下聞名，二代弟子中也有許多出類拔萃的人物，大師兄莊森更是號稱天下無敵。但難道隨便一位玄日宗二代弟子，武功都強到能夠一劍砍死七里香嗎？」

七里香死前的景象浮現心頭，血如冰登時心亂如麻。適才聽說黃衣女子是赫赫有名的上官明月，她曾想過對她全盤拖出，乞求協助。但那魔頭一劍殺人的招式內力太過震撼，比她此生見過的所有高手高強數倍，她絕不相信上官明月那樣一名嬌柔姑娘武功還能勝過他，不管是不是師弟。

她轉入小巷，喘息片刻，繼續奔跑。「無論如何，魔頭約定半個時辰後在油鍋澡堂碰面。我可得趁這機會，找人幫忙才好。」她不認識任何可能打倒那魔頭的人，也不敢去找曹諫他們白白送死。唯今之計，只有先找人治療她的大白蠱。她停在另一條暗巷巷口，探頭打量巷內。沒人。她深吸口氣，步入巷內，來到不遠處的「九天醫館」。醫館門旁對聯寫著：「九天神醫下凡塵，四海雲遊度眾生。」血如冰上前敲門，叫道：「神醫！神醫！快開門！」

門一開，血如冰立刻閃身入內，反手關門。

九天神醫童顏鶴髮，宛如畫中仙人，笑呵呵道：「血姑娘深夜造訪，不知有何貴幹？」

血如冰道：「別扮高人了。快幫我把脈。」說完一屁股坐上病人椅，手伸出平擺桌上。

神醫朝她走去：「血姑娘又是婦科病嗎？我就說妳沒事別說自己姓血。每月失血失得厲害呀！」

血如冰生氣：「不是，你別亂診斷。我中了什麼會七孔流血的嶺南大白蠱，你聽過嗎？」

神醫神色凝重，在她對面坐下，專心把脈，片刻後道：「嶺南大白蠱是種難以根除的蠱物，必須每日服藥，以解蠱蟲噬咬之苦。下蠱之人想要控制妳呀。」

血如冰收回皓臂，問道：「你能根除嗎？」

神醫沉思：「據說是有辦法服一劑藥就好的。但我不熟蠱毒之術，只能慢慢拔毒。若由我來治，需要時間配藥，還得每日施針，診治約莫月餘，方可痊癒。」

血如冰起身。「沒時間，我得走了。勞凡神醫配藥，我日後再來找你。請你上㨂客居通知曹諫……」

有人敲門。

血如冰和神醫轉頭看門。神醫往門口走去，血如冰連忙出手抓他，搖頭要他不可妄動。神醫尚未開口，大門突然破開一洞，長劍飛竄，插入神醫胸口。神醫身隨劍倒，在地上滑開七步有餘，撞上牆壁，就此死去。

血如冰嚇得雙腳痠軟，站立不住，摔在身後的椅子上。

錦衣人推門而入，好整以暇地路過血如冰，來到神醫身前，拔出長劍，轉身面對血如冰。他抿嘴皺眉，彷彿不知該如何處置血如冰，片刻後才道：「姑娘是做買賣的人。為何罔顧信用，不去約好的地方會面？」

血如冰眼看錦衣人劍上鮮血一滴滴落在九天神醫臉上，慌到一時說不出話。她嘴唇數度開闔，終於語帶哭音說道：「我……身體不舒服，想說先來看醫生。」

錦衣人問：「姑娘哪裡不舒服？」

血如冰答：「是……婦科病。」

錦衣人嘖嘖兩聲，一邊在神醫的褲管上擦拭劍刃血跡，一邊搖頭道：「妳這麼不聽話。我為什麼不現在就殺了妳？」

血如冰想要討饒，但又深怕示弱會引來殺機。錦衣人在刀客窟殺七里香，卻不殺她，若非憐香惜玉，便是要拿她當替死鬼。而既然他已將血捐客的血耳環留在命案現場，這替死鬼只怕她是當定了。死掉的替死鬼一樣是替死鬼，而且還不會為自己辯解。血如冰心知自己前途並不光明，唯今之計，一就是以美色過關，不然就是兜售自己活下去的價值。

「我幫你攔住那個女的了，不是嗎？」血如冰鼓起勇氣說道。錦衣人說過，她知道的越多，就越有理由滅口，所以她刻意不提上官明月的名號。「如今玄日宗在找大俠，你不便拋頭露面。總有我幫得上忙的地方。」

錦衣人瞧她片刻，還劍入鞘。「妳乖乖的，就有解藥吃。我來無道仙寨有事要辦，辦完就會離開。妳把我服侍得好，說不定可以活命。」

血如冰點頭：「我想活命。」

錦衣人步出醫館，血如冰跟著離開。

□

刀客窟後門暗巷中燈火通明，四個人提著燈籠，圍在黑衣屍首旁，另有一名中年男子，帳房師爺打扮，蹲跪在屍首旁檢視傷痕。

刀客兄走出後門，神色不耐問道：「帳爺，你好了沒有？我要把屍體收了，好做生意呀。」

帳爺乃是無道仙寨寨主黃皓手下大總管，曾任浪蕩軍副將，文武雙全，如今在無道仙寨中管理總帳，乃是黃皓門面，寨中握有實權之人。他說：「快子時了，你做什麼生意呀？」

「見不得光的生意。大半夜的正是談這種生意的時候！你在這裡，客人都不上門了！」刀客兄說得理所當然。「黃皓自稱寨主，平常都不管事的，這回來了這麼多人是什麼意思？死的是什麼人呀？唉，不管啦。你要查就給我查清楚，七里香是刀客窟第一刀客，我要找凶手賠錢呀！」

巷口奔來兩男一女。為首的男子約莫三十歲年紀，相貌堂堂，體格壯健，右手纏滿綳帶，吊以吊巾，走路微瘸，鼻青臉腫，儘管模樣狼狽，依然散發威嚴氣勢，令人肅然起敬。他身側的女子身穿黃衫，相貌美艷，嬌軀玲瓏，但是舉手投足間都有高手風範，沒人膽敢唐突佳人。最後那名男子靈氣逼人，看起來像奇門街來的方士。

三人快步來到帳爺身旁，圍住地上屍體，神色哀淒。受傷男子半跪而下，伸手欲探屍首鼻息，不過一看就知道對方早已死去多時。他手掌微顫，輕輕拉開對方衣襟，查看左胸劍傷。黃衣女子蹲在他對面，握住屍體手掌，流下兩行清淚。她說：「鄭瑤，你一生俠義，想不到就這麼不明不白死在無道仙寨。」

刀客兄早不耐煩，冷言冷語道：「不明不白死在無道仙寨的人可多了。不想落得這個下場就趁早滾吧。」

帳爺連忙喝斥：「你嘴巴放乾淨點。這位是玄日宗莊森莊大俠，金州菩薩上官明月女俠，及小神判關瑞星大俠。」

刀客兄滿臉堆笑：「哇！原來是號稱天下無敵的莊大俠！久仰久仰！真是失敬了！莊大俠需不需要雇刀客呀？」

莊森沒有理他，輕輕闔上鄭瑤雙眼，站起身來。帳爺走到他身後，安慰道：「莊大俠請節哀。」

莊森深吸口氣，壓抑悲痛之情，道：「我差鄭瑤去餓鬼客棧找趙師弟和孫姑娘。客棧房裡都清空了，而鄭瑤卻慘死於此……」他與上官明月對看一眼。「難道師弟遇上了厲害對頭？」

帳爺問：「莊大俠說的可是前武林盟主趙遠志大俠之子，趙言嵐公子？」

莊森點頭：「是。趙師弟深得大師伯眞傳，乃是武林一流高手。照說不會有他應付不來的對頭。」

帳爺拿出一枚血滴耳環道：「這耳環是在鄭公子手中發現的。」

上官明月眼睛一亮：「我見過這耳環。」

帳爺和莊森同時轉向她：「妳見過？」

上官明月點頭：「是另一枚。有位姑娘戴著，她自稱是掮客……」

刀客兄靈光一現：「那是血掮客的耳環！」

眾人轉向他問：「血掮客？」

刀客兄解釋：「她叫血如冰，乃是掮客居的主人。今晚血姑娘來挑刀客，帶了七里香至後房商談。如今七里香死了，血姑娘卻不見蹤跡……」

莊森問：「這血掮客武功很高嗎？」

刀客兄說：「她肯定會武，據說深不可測。但我們無道仙寨是個只要你能撐住不出手，就可以自稱深不可測的地方。總之沒人見過她出手，多半武功高不到哪兒去。」

莊森左顧右盼：「你說的七里香在哪裡？」

刀客兄帶領眾人步入後門，來到七里香屍體旁。七里香胸前傷口甚長，失血甚多，貨真價實是躺在血泊裡。莊森腳踏凝血，蹲下檢視七里香屍體。

帳爺站在後面問：「莊大俠，看得出是死在什麼功夫下嗎？」

莊森搖頭：「一劍斃命，哪裡看得出武功家數。這七里香武功很高嗎？」

「高！」刀客兄說，跟著神色慚愧。「呃……在我們刀客窟很高。」

莊森眼眶濕紅，神情苦惱，走回屋外，單手去抱鄭瑤屍身。關瑞星知他心意，叫了聲「大師兄」，把鄭瑤接過來抱起。

帳爺說：「三位大俠，鄭公子的屍首，我再僱車運回去便是了。」

莊森搖頭：「他是我們師姪，我們送他最後一程。帳爺，仙寨是你們的地盤，勞煩你幫忙，找出血揹客。」

玄日宗一行人帶鄭瑤離開。

第四章　劫大牢

錦衣人默不吭聲，往山上走去。無道仙寨盤踞欲峰山整座山頭。山腳市集大街地勢較緩，尚有不少街道巷弄，到了山腰後便是山城式建築，房舍沿山壁層層而建。兩人走過惡虎倉行、血泉當鋪、客棧酒樓坊、奇門街，足足走了大半時辰。

血如冰讓九天神醫之死嚇得安靜許久，直到驚魂稍定，滿心煩躁，便又想找話來說。她想知道錦衣人是什麼人，來無道仙寨做什麼事，但正如錦衣人所說，她知道的越多，活命的機會就越渺茫。

「大俠……」她終於開口。「你比我大不了幾歲，武功怎麼練到這麼厲害？」

錦衣人又走了一段路才回答：「也就是從小苦練。練武這種事情，難道還有捷徑嗎？」

「我知道練武很苦。」血如冰說。「我自己練得不好，只敢在市井之間假扮高人。但我想……從小就願意吃那麼多苦，把功夫練好的人，應該都有什麼原因？大俠是爲了報仇嗎？還是爲了……伸張正義？」

錦衣人突然停步，轉頭瞪她，似乎在琢磨她這句「伸張正義」中的諷刺意味。片刻過後，他才說道：「我爹是武林中赫赫有名的人物。我從小苦練，是爲了不讓他丟臉。」

血如冰揚眉：「就這樣嗎？」見錦衣人不答話，又說：「大俠武功深不可測，說不定已經天下無敵了吧？」

錦衣人輕笑一聲，搖頭道：「天不言自高，地不言自厚。深不可測也是在凡夫俗子眼中看來罷了。」

血如冰訝異：「難道還有人比大俠更厲害嗎？」

錦衣人斜眼看她：「妳沒有比我厲害就行了。」

兩人繼續行走。此地鄰近山頂，房舍漸少，大多沒有招牌，看不出買賣。血如冰問：「大俠，你爲避風頭，躲得還眞遠。這附近可沒有客棧呀。」

錦衣人說：「我是來辦事的。」

「啊？」血如冰愁眉苦臉。「大俠，很晚了，回家睡覺啦！」

錦衣人道：「辦完這裡的事再說。」

「一個晚上別搞這麼多事嘛！」

前方傳來燈火，有巡夜人提燈籠走來。錦衣人拉著血如冰伏低身形，隱入路旁草叢，低聲道：「今日事，今日畢。」他比向前方山壁前一座高牆宅院。「我要進大牢辦事，妳去引開巡夜人。」

血如冰無奈：「還來呀？又怎麼引嘛？」

錦衣人冷笑：「別說我沒幫妳想辦法。」

「什麼？」

錦衣人扯下血如冰左手衣袖，露出白皙皓臂。

血如冰驚恐：「喂！」

「快去！」錦衣人將血如冰推出草叢。

血如冰嬌呼一聲，跌倒在地，隨即爬起，搖搖晃晃奔向巡夜人。巡夜人聽見動靜，抬高燈籠觀看。血如冰大叫：「救命呀！大爺救救我！有惡人非禮我！」叫完撲入巡夜人懷中，拉著他轉身背對草叢。

錦衣人趁機奔過山道，提氣一縱，翻入高牆。

巡夜人懷裡莫名其妙多了個溫香軟玉大美人，宛如置身夢中，手足無措說道：「姑娘別怕！我幫妳趕跑惡人！」他將血如冰拉到身後，大步朝草叢走去。血如冰連忙拉住他。

「大爺，你別丟下我！好害怕！好害怕喔！」

血如冰兩眼泛淚，神色驚恐，只看得巡夜人說不出的疼惜。他安慰道：「好，好！姑娘別怕。這樣吧，妳跟我進大門，我們院子裡有幾位兄弟。人多妳就不怕了！」

血如冰問：「這裡是哪裡？」

巡夜人道：「仙寨大牢。」

血如冰大驚：「啊？你要帶我進大牢？」

巡夜人忙搖手：「不是，不是！沒有進大牢，進前院而已。大門就在前面，姑娘跟我來吧。」

血如冰突然坐倒，無力道：「我腳軟，走不動。」

巡夜人一挺胸：「我抱妳！」

血如冰扯緊胸口衣襟，流露懼怕神色。「你要抱我？」

巡夜人手足無措：「姑娘不要誤會，我沒有什麼意思！妳……妳先坐著休息，有力氣了再走。」說著拔刀出鞘，轉身面對草叢。「我在這邊守衛。壞人不敢來的！」

血如冰看他背影，趁機調整衣襟，香肩似露非露，模樣可憐誘人。「大爺，你好英雄！」

巡夜人豪氣萬千：「英雄救美，天經地義！」

血如冰故作謙虛：「大爺取笑了。我又不美。」

巡夜人忙道：「美的！姑娘很美。」

「大爺這麼說，真是羞死人了。」血如冰灌夠了迷湯，開始套話：「對了，大爺，仙寨的人都是自掃門前雪，沒聽說抓過人進大牢呀。怎麼今日還有人守夜？」

巡夜人說：「姑娘有所不知。今日抓了兩名厲害人物，差點壞了寨主大事。」

血如冰問：「什麼人，這麼厲害？」

巡夜人答：「外地來的，武功很高。要不是有玄日宗高手追他們入寨，只怕還抓不到人呢。」

血如冰好奇：「玄日宗來了很多人嗎？」

「人是不多，但大有來頭。」巡夜人壓低音量，又說：「偷偷告訴姑娘，領頭的可是號稱天下無敵的莊森，莊大俠呀！」

血如冰當真訝異：「這麼厲害？大爺說這壞人壞了寨主什麼大事？」

巡夜人說得口沫橫飛：「頭等大事！姑娘聽說過桃源帖的事嗎？」

血如冰忍不住噗哧一笑，說道：「全仙寨的人都聽說了。什麼『亂世避戰禍，潛居桃花源。』這桃源案號稱無道仙寨開寨以來最大宗詐騙案！聽說騙了好幾百位外面的大財主付錢興建桃花源呢。」

巡夜人說：「我本來也以爲是詐騙。但那壞蛋抓了個厲害方士進來，叫什麼了緣居士，據說比仙寨奇門街那些傢伙厲害多了。只要有此人布迷魂陣，就能在山野中打造出外人進不去的桃花源。」

血如冰瞪大眼睛：「有這種事？」

「是呀。」巡夜人說。「莊大俠已經把了緣居士給救回來了。桃源案若能成事，大家可都發大財啦。姑娘，站得起來嗎？咱們進去吧。」

血如冰伸手讓巡夜人扶起。「多謝大爺救命。」

片刻後來到大牢門口，站在門外的守門人眼看兩人走近，笑道：「老張，不好好巡夜，玩什麼英雄救美？」

巡夜人說：「老王，別瞎說，這位姑娘遭人非禮，受了驚嚇。咱們進去倒杯熱茶，幫她暖暖身子。」

守門人突然道：「唷？這不是血姑娘嗎？」

血如冰吃了一驚：「你認得我？」

守門人笑道：「認得！血姑娘是掮客界第一美女，乃仙寨美人榜上有名的人物！」

血如冰故作驚訝：「還有這種榜？」她當然知道有這種榜。

守門人一邊開門一邊說：「有啊。血姑娘，妳是有名的美人，深夜不該獨自外出。我聽說有些王八蛋專門跟蹤美人榜上的美人呀！」他招呼血如冰進門，朝院子裡大聲道：「兄弟們有福啦！今晚美人大駕光……」他突然住口，神色大變，只見院子地上躺了三名男子，黑漆漆的瞧不出死活。

三人愣在門口，一時手足無措。

守門人率先回神，叫道：「有人劫獄，快敲鑼！」說完奔入院中，檢查地上人是否尚有氣息。

巡夜人轉向掛在門旁的銅鑼，打算敲鑼示警。血如冰心下大亂，比起另外兩人還要驚慌。她心知院子裡的人定是錦衣男子打倒，但卻不知對方有何企圖。難道真是要劫獄嗎？自己命懸他手，自然應當幫助錦衣人。但她剛剛已讓守門人認出來了。一旦動手，自己與劫獄之事脫不了關係，等於得罪仙寨寨主。但若不動手，明日此刻她就是一具七孔流血的屍體。她無暇多想，一步欺到巡夜人身後，掌擊後頸，將其打暈。

守門人聽見動靜，連忙轉頭，一看血如冰站在倒地不起的巡夜人身旁，喝道：「妳！」

血如冰疾撲而上。守門人著地滾開，順勢正要拔刀，刀鞘卻讓血如冰踩在腳下。守門人運掌成爪，扣向血如冰腳踝。血如冰抬起另一腳對其下巴踏下，守門人當場昏倒在地。

血如冰拔出守門人的佩刀，刀尖抖動，抵上守門人心口。若留此人活口，劫獄之事便會怪在她的頭上；但說要殺了他，血如冰卻也狠不下心。她爲了打響掮客居名號，曾令僱傭刀客殺過數人，不過從未親自動手。她顫抖片刻，下不了手，心想先去看看其他人死了沒有。倘若錦衣人殺了他們，那就不多這兩條屍體。她接連探了地上數人鼻息，發現所有人都只是遭人擊暈。血如冰獨自站在院中，心中拿不定主意，只好舉起單刀，朝牢房走去。

牢房外門虛掩。血如冰推開門，輕聲喚道：「大俠？大俠？」

門內又躺了兩人。通往牢房的內門中傳出火光與人聲。血如冰吞嚥口水，推開內門，狹長石廊一側有數間牢房，錦衣人站在一扇牢門外，對著牢中之人說話。他聽見動靜，轉頭見是血如冰，沒有表示，繼續說話：「梁王求才若渴，聽說范先生能製威力強大的黑火藥，倘若用於戰陣，必定勢如破竹。在下受人所託，想請先生入梁王府當食客。日後統一天下，造福蒼生，范兄可是黎明百姓的大恩人。」

牢中有人說道：「梁王得了黑火藥，死的人可多了。閣下不會良心不安嗎？」

錦衣人說：「二十餘年來，群雄割據，百姓沒過過一天好日子。我等助梁王早日平定天下，乃是蒼生之福。」

牢中有另一人道：「說得好哇！有了蒼生這頂大帽，幹什麼都能自我開脫。你這就放咱們出去吧？」

卻見錦衣人搖頭道：「兩位范兄武功卓絕，劍法詭譎多變。倘若單打獨鬥，我也不怕你們；但若兩位聯手，我未必是對手。此事關係重大，不容絲毫閃失，希望兩位明白。」

牢中二人同聲問：「你想怎樣？」

錦衣人坦言：「梁王要的是黑火藥，我只要帶一個懂得製法的人出去就夠了。是范浪還是范濤，我無所謂。」他取出牢房鑰匙，在門洞前晃動。「鑰匙就在這裡，開門舉手之勞。你們哪個想跟我去的，就把另一個殺了吧。」

牢中有人大怒：「你說這什麼鬼話？我們兄弟相依為命，手足情深，豈有自相殘殺之理？你帶我弟弟走，我留在牢裡便是！」

錦衣人搖頭：「范兄掛念手足，實令在下動容。但我又不認識你，哪知你可不可信？兩位范兄為奪八陣圖，背棄三奇宮盟友，強奪了緣居士，加以嚴刑逼供，人品可謂不堪，恕在下不能輕信。死一個，活一個，沒有第三條路了。此乃險地，不宜久留，望兩位盡快決定。」

牢中人吼道：「我們不會手足相殘的！」

錦衣人一攤手：「既然如此，咱們就此別過。聽說玄日宗莊森會押解兩位返回金州候審。兩位殺了三奇宮數十條人命，又宰了金州刺史衙門的師爺，若不斬首處死，恐怕難以服眾。」

「你！」

牢內突然爆出掌擊聲，骨碎聲，跟著牢門巨響，重物撞擊。血如冰嚇得差點放脫手中單刀，錦衣人則是微微揚眉。片刻過後，牢中另一人說道：「我哥哥死了。開門放我出去。」

錦衣人湊到門洞上說：「煩請范兄將令兄的手臂伸出門外，我要探探脈息。」一條軟癱手臂垂出門洞。錦衣人突然拔劍，斬斷那條手臂。牢內並無聲息，顯然手臂的主人早已死去。

「噹」地一聲，血如冰單刀落地。她緊握拳頭，奮力抑制顫抖。她不知道自己扯入了什麼事情，面對何等禽獸，只知道自己快要承受不住……

錦衣人將鑰匙插入鎖孔，打開牢門。一名五十歲上下的中年男子步出牢外，衣衫破爛，傷痕累累。他朝錦衣人抱拳行禮，說道：「在下范濤，敢問閣下何人？」

錦衣人笑著朝血如冰一比：「本來告訴先生在下名號也無傷大雅，不過若讓這位姑娘知道我的身分，我可得要殺人滅口了。」

范濤轉頭看向血如冰，點頭道：「嬌滴滴的姑娘，殺了眞可惜。眼下上哪兒去？」

錦衣人往外便走，邊走邊道：「在下已經備好藏身處，今晚委屈范先生一宿。明日一早，我們會合梁王府趕來接應的高手，便即離開無道仙寨。」

錦衣人跟范濤路過血如冰，回到大牢前院。血如冰深吸口氣，跟了出去。三人走過躺滿人的院子，一路來到大門口，錦衣人才停下腳步，回頭問道：「血姑娘，這些活口，妳說殺是不殺？日後若讓他們認出妳來，那可是後患無窮啊。」

血如冰嘴唇開闔。她想說要殺，但卻說不出口。

錦衣人微笑：「姑娘心腸眞好。」說著踏出大門。

血如冰遲疑片刻，也跟著離開。

□

莊森及上官明月在仙寨殮房中相對而立，鄭瑤的屍首躺在兩人之間床板上。兩人心情沉重，有話想說，卻都不知從何說起。靜靜站著好一陣子，莊森終於開口：「鄭瑤可有家人？」

上官明月搖頭：「他在金州衙門有一班出生入死的弟兄。」

莊森點了點頭，緩緩道：「既然師妹要留在這裡，就由我帶他回去。」

上官明月說：「師兄……」

莊森不等她說完：「妳決定退出江湖，總要有個起頭。什麼都想管，退不出江湖的。」

「可是師兄身上有傷……」

莊森搖頭：「不礙事。」他說著伸手去解鄭瑤衣襟。上官明月同時伸手，握住莊森左掌，正眼看著他：「當此傷心時刻，應當互相扶持。師兄不要在此時拒我於千里之外。」

莊森覺得上官明月的手掌溫暖，彷彿讓他的心變得比較不痛，卻又更加疼痛。他點點頭，輕聲道：「多謝師妹。」

莊森手上有傷。上官明月解開鄭瑤腰帶，拉開衣襟，露出上身。只見除了左胸穿心致命傷外，右胸也有一道殷紅掌印。此印原先不顯，但隨著死亡時候漸長，終於顯現出來。莊森皺起眉頭，湊上去檢視掌印。

門口傳來蒼老人聲：「莊大俠，上官姑娘，節哀順變。」

莊森手按鄭瑤胸口掌印，站直身子，與上官明月同時轉向門口，只見了緣居士步入殮房。兩人齊道：「謝孫先生。」

孫了緣來到莊森身旁，低頭看著鄭瑤，片刻後道：「鄭捕頭前去聯絡小女，想不到竟惹殺身之禍。在下實在過意不去。」

莊森道：「孫先生請放心。孫姑娘跟趙師弟在一起，不會有事的。我定會查明真相，盡快找回孫姑娘。」

孫了緣道：「有勞莊大俠。」說完退回門口，不妨礙兩人驗屍。

莊森拿起桌上小刀，割開鄭瑤掌印旁的皮膚，檢視皮膚下的血肉。他邊忙邊道：「范氏兄弟折磨先生，可是為了八陣圖？」

孫了緣道：「是。」

莊森點了點頭，刮下皮膚下的血肉，就著燭火細看。「孫先生身為臥龍先生的傳人，學問好，風骨高，實為不世出的高人。」

孫了緣苦笑：「一輩子龜縮不出，無利於天下，算什麼高人？」

莊森道：「孫姑娘說你二十年前，民亂期間，曾擺陣救過全村上百條人命。」

孫了緣神色淒涼：「金光陣、飛石陣、尖刀陣……那次擺陣，死了兩千多匪軍，河水紅了一個多月。我從此一切看淡，什麼都不敢再做。范氏兄弟以性命威脅，我也不放心上。所放不下者，就我這個女兒。父女相依為命，乃此亂世中唯一真實。」

鄭瑤掌傷血肉乾枯，似是被火烤過。莊森湊而上前，聞到淡淡焦味，隨即閉上雙眼，神情苦悶。他睜眼道：「梁王篡位在即，亂世還會更亂。先生願意出力建造桃花源，實乃百姓之福。」

孫了緣說：「臨時打造桃花源，也不知能救多少人。」

莊森說：「救一個人都是救。」

孫了緣凝望他：「莊大俠說得是。我這條命，也是莊大俠救的。我定當盡力而為，報答大俠救命之恩。」

「份所應為。」莊森說著為鄭瑤蓋上白布。

孫了緣又道：「只盼大俠盡快找回小女。」

莊森轉頭看他，面露難色。「定當盡力而為。」

孫了緣瞧出莊森難色，不禁感到憂心。

第五章　洞中夜

錦衣人領著范濤和血如冰回到山腰客棧坊，走小徑來到一座崖壁前。錦衣人雙掌貼上一塊約莫半丈見方的巨石，沉氣運勁，推動巨石，露出其後山壁上的洞口。

血如冰看得合不攏嘴：「大俠，你這力氣還算是人嗎？」

錦衣人說：「有機關的。不過妳推不動。進去。」

血如冰扶著范濤入洞。范濤身上有傷，山道跋涉，甚是疲累，入洞後見洞中生有火堆，當即走過去坐下。那火堆僅剩餘燼，不亮不暖，錦衣人上前添加木柴，重新引火，照亮洞窟，這才走回洞口，將巨石推回原位。

血如冰打量洞窟，看出這是座經由人工打磨的天然洞窟。石壁並不平整，處處可見斧鑿痕跡。角落頂上有幾條通風小洞；一面岩壁潮濕，細水慢流。右邊洞壁上有扇大鐵門。錦衣人自懷中取出一把大鑰匙，打開鐵門，進入內洞，片刻後帶著一盒藥膏回來，交給血如冰。他對范濤道：「范先生，這是我們家傳金創藥，筋骨外傷無所不治。但你所受的內傷，便得自己調息了。」

血如冰不等吩咐，打開盒蓋，幫范濤塗抹藥膏。

「這點內傷不礙事。」范濤拉鬆衣襟，右手伸出，露出擦傷處處的手臂，讓血如冰抹藥。「閣下說梁王府有高手接應。拿下我兄弟兩人的乃是玄日宗莊森。梁王府接應的高手對付得了他嗎？」

錦衣人搖頭：「莊森天下無敵。誰對付得了他？先生若想報仇，日後總有機會。眼下先想辦法離開無道仙寨再說。」

血如冰突然說：「他哥哥又不是莊森殺的，報什麼仇？」

錦衣人和范濤同時轉頭看她。血如冰自知失言，暗罵自己傻瓜，不敢與兩人目光相對，只好悶頭抹藥。

范濤緩緩轉向錦衣人道：「這位姑娘說得也有道理。閣下逼我弒兄，結下天大的梁子，難道不怕我報仇嗎？」

錦衣人搖頭：「不怕。」

范濤一愣，冷冷瞪他，接著嘴角上揚。「好狂妄。閣下藝高人膽大，絕非無名之輩。明日待你打發了這位姑娘，我得好好請教請教。」

錦衣人笑道：「范先生自恃武功高強。我若不露一手，你是不肯罷休的。等你傷勢痊癒，在下隨時候教。夜深了，在下先去睡，兩位早點休息。」說完走向鐵門，開門入內。他正要關門，范濤問道：「你睡裡面，不怕我跑了？」

錦衣人在門後說：「范兄身上有傷，洞口那塊大石頭還是別亂推吧。況且，你得罪了莊森，若不托蔭梁王府，只怕這輩子都不得安寧。」說完關上鐵門。

大鐵門關門聲止歇，洞窟內就只剩下火堆木柴燃燒聲響。片刻沉默過後，血如冰問道：「你還有哪裡受傷？」

范濤看看右臂，穿回衣袖，說道：「都擦好了。多謝姑娘。」

血如冰蓋上藥盒，站起身來，見洞壁旁堆有乾草，便走過去抱草回到火堆旁鋪床。范濤盤腿而坐，運功調息，直等血如冰鋪好了床坐下，這才開口問她：「他爲何要殺妳滅口？」

血如冰雙手抱膝，凝望火堆，答道：「我撞見他幹見不得人的勾當。」

范濤揚眉：「他幹劫獄這種事都留下活口，妳撞見的定是非常見不得人的勾當。」

血如冰嘆氣：「他劫獄留活口，多半是爲了嫁禍給我。就算他最後沒有殺我滅口，我想活過此劫也不容易。」

「笨啊。」范濤道：「姑娘既然清楚此事，剛剛在大牢就該把人通通殺光呀。」

血如冰抬頭看他，見他神色輕鬆，說得漫不在乎，不把殺人當一回事。她說：「我還道無道仙寨裡的人無法無天，想不到你們這些外地人才是冷血辣手。」

范濤笑道：「『一入仙寨，後果自負。』無道仙寨裡沒有無辜之人，殺害你們無需良心不安。」

血如冰瞪大眼：「你是這樣想的？」

范濤頭朝鐵門側了側：「我敢說那位公子是這樣想的。至少，他會以此為由開脫自己的惡行。我告訴妳，天底下最可怕的，就是整天把拯救蒼生掛在嘴上的傢伙。那種人自以為師出有名，什麼事都幹得出來。」

血如冰心裡一涼：「你說……他當眞會殺我滅口嗎？」

范濤說：「得看他是好人還是壞人。若是壞人，只怕先姦後殺。」

「啊？」血如冰一驚：「你講話怎麼這麼直呀？」她本就擔心錦衣人留她活口是為了先姦後殺。

范濤陳述事實：「他沒有當場殺妳滅口，自是看上妳的美貌。那還有不姦的嗎？」

血如冰微慌：「說……說不定，他是好人。」

「好人更有理由殺妳了。」范濤解釋。「做壞事讓妳傳了出去，不是影響他的聲望嗎？」

血如冰心寒：「那我死定了？」

「倒也未必。」范濤一副見多識廣的模樣。「男女之間，最說不準。妳得給他一個捨不得殺妳的理由。」

血如冰無奈：「男人總以爲這種事對女人來說很容易！就算我自願進去陪他一個晚上，也不能保證他不會殺我呀。」

范濤忙搖手：「妳不能主動獻身啦。得來不費工夫，人家怎麼會珍惜呢？瞧妳也不像是床上功夫高超的模樣，不然，讓他一試成主顧，妳就不用死了。」

「你講話怎麼這麼直啦！」

范濤說：「生死交關吶，姑娘。妳還有工夫拐彎抹角嗎？」

血如冰一拳捶在地上，怒道：「我怎麼會惹上這種事？這些武功高強的傢伙就是仗勢欺人。我們小老百姓的命就不值錢！」

范濤攤手道：「講這廢話有屁用？睡吧。不然就進去讓他捨不得妳。」

血如冰轉身看看鐵門，考慮片刻，最後躺在乾草上睡了。

□

大半夜裡，火光黯淡。血如冰側臥在火堆旁，睡得並不安穩。她夢到此生往事，從童年戰亂，家破人亡，到師父收留，諸多折磨，自己如何逃出師門，輾轉流離到無道仙寨，結識曹諫，仰賴口才和美色偷搶拐騙，終於存夠了錢，買下巷道內的破屋，做起掮客居的生意。顛沛流離一輩子，也不過就是亂世下稀鬆平常的故事。她苦過來了，一心擺脫小人物的命運，找件一勞永逸的大買賣來幹，然後安安穩穩地過日子。可惜天外飛來橫禍，莫名其妙遇上大魔頭。或許亂世中的小人物註定只能……

身後突然傳來鐵門嘎嘎開啓的聲響。血如冰赫然驚醒，聽著在寂靜中格外響亮的門聲，額頭不自覺冒出冷汗。

腳步聲起，慢慢走到她的背後。血如冰閉眼裝睡，調節呼吸，放鬆身體，努力不發抖。錦衣人在她背後站立片刻，接著緩緩坐下，默默瞧著她。片刻過後，血如冰聽見衣衫窸窣，不知他在搞什麼鬼，跟著耳際一熱，對方的手指輕輕拂過她臉頰。血如冰害怕至極，忍不住渾身顫抖。

錦衣人見她發抖，便不再摸，說道：「其實我是好人。」

血如冰嘴唇也抖，強壓恐懼道：「大俠說是就是了。」

錦衣人繼續：「我說眞的。我俠名遠播，是武林中大大有名的人物。」

血如冰說：「孰人無過呢？一步踏錯，不需將錯就錯。」

錦衣人問：「對錯這麼清楚嗎？善惡如此好分嗎？」

血如冰說：「不是所有事都那麼複雜。大俠放我走，就是善舉，就是天大的好人。」

錦衣人伸手搭她肩膀。血如冰驚慌駭然，抖得厲害。錦衣人立刻放手。他嘆口氣，說道：「妳我相遇不逢時。妳若在仙寨外遇上我，定會為我傾心，巴不得我多看妳一眼。」

血如冰深吸口氣，壓抑顫抖，說：「大俠一表人才，或許當眞如此。但你若表裡不一，虛僞待人，女人遲早會看破手腳的。」

錦衣人問：「妳嚇得這麼厲害，還敢講這種話？」

血如冰說：「我不知道講什麼話可以活命。你告訴我，我就說給你聽。」她等待片刻，見錦衣人不答話，便又說：「你殺你師姪，殺七里香，又殺九天神醫，如此濫殺無辜，如何說服自己算是好人？」

錦衣人說：「無道仙寨無法無天，裡面沒有無辜之人。」

血如冰道：「無法無天的地方，至少沒有那些抱著王法仗勢欺人的傢伙。外面的人蠻橫無禮，因爲他們知道不管多羞辱人，人家都不會直接砍下他們的腦袋。但在無法無天的地方，大家都有分寸，懂得謹言愼行。這裡只是比較眞實，沒有比較壞。」

錦衣人嗤之以鼻：「歪理。」

血如冰說：「你才歪理。」

錦衣人突然在血如冰身後側身而臥，以手撐腦，嘴唇湊到她耳垂旁輕聲細語：「我從前高高在上，甚至有機會角逐天下當皇帝。如今我一無所有，窩在山洞裡，想盡辦法依附朱全忠。這世道變化太快。說什麼話可以活命？我沒辦法告訴妳。」

血如冰感受他壯健的身軀貼在自己身後，氣息吞吐在自己臉頰上，心裡越加害怕，不住顫抖，喘息哽咽。

錦衣人輕輕捏她耳垂，取下另一枚血滴耳環。

血如冰怕得眼泛淚光。

錦衣人搭她肩膀，一副安慰她的模樣：「好了，不要怕了。早點休息。明天的事，明天再說。」他說完爬起身來，走回偏洞，關上鐵門。

血如冰鬆了一大口氣，終於忍不住哭出聲來。

第六章　權謀叛

次日清晨，錦衣人推開巨石，派血如冰出洞張羅早飯，探聽消息。血如冰日常出沒於山腳市集大街，在山腰客棧坊附近不會一上街就讓人認出。她找間包子攤買了幾顆肉包，隨口詢問老闆有無新消息。其時天色尚早，大牢劫獄之事尚未傳開，問不出什麼所以然來。血如冰捧了肉包，到隔壁布莊買套便宜衣褲，隨即趕回藏身洞窟。越接近洞口巨石，血如冰步伐越慢，眉頭也越皺越深。她停在巨石前，看著手上的衣服及肉包，深吸口氣，換上笑臉，叫門。

「是我，開門！」

錦衣人推開巨石，血如冰側身入洞。錦衣人並不關洞門，只是站在洞口，探頭觀察洞外。

范濤打坐調息一整夜，如今臉色紅潤，精神飽滿，彷彿一夜便將內傷養好了般。他睜開眼睛，笑呵呵道：「唷？原來姑娘出去採買，不是給滅口了？」

血如冰分派包子，又把衣服丟給范濤。「當然要採買了。我得給這位大爺服侍得舒舒服服，不然天知道什麼時候會被滅口。你不知道他多壞，半夜不睡覺，跑出來嚇我！」

范濤脫下血衣，換上血如冰拿來的新衣，邊吃包子邊說：「公子，這就是你不對了。半夜把人家姑娘嚇得直哭，吵得我差點走火如魔。」

錦衣人站在洞口，頭也不回地說：「孤身行走江湖，甚有苦悶之處。我夜深人靜，心生感慨，找人聊聊，這也錯了？」

范濤嚥下包子道：「你要聊也別大半夜地找威脅要滅口的人聊嘛！怪可怕的，你說是吧？」

血如冰也說：「白天也好聊呀。你有什麼心事，可以現在說出來，大家集思廣益，不是挺好？」

錦衣人轉頭看她：「我只對妳說，不對范兄說。」

范濤問：「那爲什麼？」

錦衣人又轉回洞外。「有些話我就是只喜歡對女人說。」

范濤「呸」地一聲：「別理他，怪裡怪氣的。姑娘，這包子什麼肉呀？」

血如冰一攤手道：「在無道仙寨吃飯別問什麼肉，知道了嚇死你。」

錦衣人丟下手中包子說：「快吃完。梁王府的人已經來了。」說完摸摸腰間佩劍，走了出去。血如冰把吃一半的肉包丟到乾草上，隨即跟出洞外。范濤撿起血如冰的包子，一手一個，邊走邊吃。

山道上走來七名彷彿深怕人家不知道他們是武林人士的傢伙，個個橫眉豎目、虎背熊腰、兵器外露、殺氣騰騰。其中有佩刀的，有拿槍的，有掛鎖鏈的，還有人拿著一把劍身彎曲的曲劍。血如冰微微湊向錦衣人，輕聲道：「我覺得好像不太對勁。」

范濤滿嘴包子說：「會不會是你的仇人，不是梁王府的人？」

錦衣人眉頭深鎖。「怕還有伏兵，大家小心在意。」

爲首的男子身穿白衣，腰掛曲劍，看似道貌岸然的教書先生，偏偏又給人一股盛氣凌人之感。他來到五步之外，揚手要夥伴停步，朝錦衣人抱拳道：「趙公子，在下雄黃山梁龍虎，攜同梁王府弟兄前來接應大俠。」

錦衣人回禮：「梁兄，這位就是王爺托在下營救的野馬莊范濤先生。」

梁龍虎轉向范濤：「范先生博學巧思，王爺十分看重。請先生來王府作客。」說完使個眼色，兩名梁王府食客上前，一左一右，帶走范濤。梁龍虎見范濤乖乖走來，冷冷一笑，又對錦衣人說：「趙公子，范先生我們就帶走了。日後有緣再見。」

錦衣人問：「梁兄，不是一起回王府嗎？」

梁龍虎笑道：「公子名頭響亮，容易引人注目。范先生還是跟著我們走比較保險。」

錦衣人搖頭：「當初不是這麼說的。」

梁龍虎點頭：「世道炎涼，人心險惡。當初不是這麼說的事情太多了。」

錦衣人「哼」了一聲：「你們是想搶功勞？」

梁龍虎神色一變，大聲道：「反啦，是你想搶功勞吧？你區區一個外人，憑什麼抓個范濤便能出任梁王府首席食客？」

錦衣人冷道：「就憑我辦得到你們辦不到的事。」

梁龍虎怒道：「狗屁！你不過依憑父貴，還真以爲自己是號人物？你爹已經去世兩年多，玄日宗換人當家，你都給趕出來了，還當自己是玄日宗少主嗎？」

錦衣人拔劍出鞘，語氣冰冷：「又是這套！這些年，全天下人都說我依憑父貴。不教訓你們一下是不行的。」

梁龍虎也拔出曲劍。「小子，今日讓你知道江湖沒那麼好混！」說著身形一晃，飄然上前，手中的曲劍宛如靈蛇般四下竄動，劍招眼花撩亂，自難以想像的方位進攻。錦衣人劍招樸實，目光精準，在紊亂的劍勢中平砍架開對手軟劍。就看他左掌滋滋作響，隱隱冒煙，對準梁龍虎胸口狠狠擊出。梁龍虎嘴上不把錦衣人放在眼裡，實則對他頗爲忌憚，出招時留有餘力。見他這掌厲害，連忙運起功力，回掌招架。「啪」地一聲，兩掌相對，錦衣人原地不動，梁龍虎則向後飛開。他落地後連退三步，終於站穩，但已遠遠退到自己人的陣線之後。

錦衣人冷笑：「憑你這點功夫，也想當首席食客？」

梁龍虎大喝：「並肩子齊上！宰了這小王八蛋！」

眾食客一聲發喊，群起而攻。有位使刀的道人綽號寒刀眞人，刀法詭譎，拖曳片片宛如弦月般的刀光，閃得血如冰看不出他如何出刀。另一名使槍的壯漢名叫唐風雲，「天王槍法」威猛靈動，連刺帶掃，常人絕對避不過他三槍。猛頭陀甩開一條丈餘長的鎖鏈，鏈頭掛以尖刀，宛如摸不清楚方向的暗器。梁龍虎乃是雄黃山靈蛇洞的傳人，一套「靈蛇劍法」絕妙精奇，加上自幼服用陳年蛇膽等靈蛇洞特產，內力亦十分深厚。

梁王府此次出動的高手以這四人爲首，而四人的武功都遠比血如冰深不可測。幸虧他們忙著應付錦衣人，騰不出手來對付她。餘下三名王府食客武功較遜，難以加入戰團，便站在一旁吆喝壯勢。血如冰縮在一旁，保持低調，一邊留意動靜，一邊凝神觀戰。她心想：「仙寨酒樓裡提起梁王府食客，總說他們是烏合之眾，逢迎拍馬的小人。今日一見，可眞不是那麼回事。這四個人都是一流高手，去龍蛇樓打擂台，一晚上起碼能賺個七、八百兩。血如冰呀血如冰，妳躲在暗巷裡假扮絕世高手，簡直小覷天下英雄！錦衣魔頭武功雖強，卻不知打不打得過他們。」

錦衣人在四人夾攻下不落敗象。右手劍，左手掌，同時施展兩套絕世武功，彷彿化爲兩名天下無敵的高手。梁王府四大高手倘若單打獨鬥，此刻多半已經全數敗北。但是他們不但聯手出擊，而且進退攻守之間相輔相成，隱約包含一套巧妙陣法。血如冰本道自己見多識廣，足以評論武學，此刻終於了解自己的武學見識淺薄至極，根本不曾見過高深武功。不過四人進退攻守的陣型卻不高深，一望而知是由天師道四象陣法轉化而來，爲了對付錦衣魔頭臨時習練的合鬥戰法。總算四人都是武學高手，搭配起來得心應手，錦衣魔頭一時難以取勝。

但錦衣魔頭施展的絕世武功，血如冰卻是認得的，只因玄日宗武功天下聞名，加上弟子眾多，武林中人多半都見過他們出手。此刻魔頭右手使的是旭日劍法，左手卻是由朝陽神掌延伸出來更精深的掌法，火辣辣的熱氣逼人，多半就是傳聞中的玄陽掌。那旭日劍法是玄日宗入門劍法，在場之人全都見過，但又有誰曾遭遇如此精采的旭日劍法？錦衣魔頭劍勢凌厲，眼看就要砍中寒刀眞人，偏偏鎖鏈刀自後而來，逼得他翻身避開。血如冰暗叫一聲：「可惜！」繼而想道：「魔頭沒砍到人，我竟感到可惜？難道我期盼他贏嗎？是了，蠱毒的解藥還得著落在他身上，他要死了，我也活不成。再說，梁王府這些人不守信用，可不是什麼好東西。我該出手幫他嗎？我出手有用嗎？那范濤又在幹什麼？」

血如冰轉頭一看，只見范濤還在吃包子。他吃得津津有味，看得興高采烈，彷彿雙方大戰完全不關他的事。血如冰偷偷移步，來到范濤身邊，低聲道：「范先生，雙方爭執，因你而起。你不幫忙嗎？」

范濤搖頭：「梁王請我作客，誰帶我去並無差別。」

血如冰急道：「梁王府的人心懷鬼胎。我瞧你還是隨那位公子去比較好。」

「公子？」范濤笑道。「姑娘不是迷上這位趙公子了吧？妳別忘了他要殺妳滅口呀。」

血如冰搖頭：「他死了，我也活不成。」

范濤也搖頭：「他逼死我哥哥。我是不會把他當自己人的。最多我兩不相幫。」

血如冰楚楚可憐：「那你幫我，成不成？」

「不成。」

梁龍虎不知血如冰是什麼人，為何出現於此，見她跟范濤說話，深怕會出亂子，連忙對沒參戰的三名食客喝道：「殺了那個女的！」

三名食客拔出佩刀，朝血如冰奔來。血如冰大驚失色，只想拔腿就跑。其中一名食客腳程甚快，轉眼間已經掠過血如冰，攔住她的去路。血如冰無奈，只好退向岩壁，避免腹背受敵。

三名食客功夫並不甚高，但三把刀同時招呼過來，血如冰難以招架。所幸三名食客都是二十來歲的年輕男子，乍見血如冰美貌，心中都起憐香惜玉之心，一時間誰也沒有痛下殺手，血如冰看準其中一人遲疑瞬間，施展霹靂神掌中的奪刀勢，連消帶打奪下一柄單刀，隨即使開玲瓏刀法，耍得虎虎生風。她這一下奪刀實在是聚其畢生功力之大成，在三名食客眼中好似行雲流水，不費吹灰之力就把刀奪去。他們吃了一驚，認定眼前美女也是高手，一時之間盡採守勢，不敢搶攻。

血如冰且戰且退，朝山洞洞口逼近。她想若能退入洞中，守住洞口，令三人無法同時進攻，自己就有勝算。她玲瓏刀法並未練熟，內功根柢也不扎實，加上年輕男子臂力威猛，她連交數刀，已感手臂痠痛，也不知道來不來得及退入洞口。她心裡一急，出刀緩了，左臂讓人劃開一條口子，忍不住出聲驚叫。

錦衣人聽見她叫，心裡一驚，轉身要朝血如冰奔去，卻讓梁龍虎出劍攔下。他怒道：「姓梁的，有本事衝著我來。欺負女子，算什麼好漢？」

梁龍虎大笑：「瞧不出趙公子是個風流種子，對這女的倒是關心得緊呀！聽說你最近搭上了緣居士的女兒，莫非就是這位姑娘？眞是一箭雙鵰！兄弟們，把那女的拿下了，日後好逼孫了緣交出八陣圖！哎呀！」他顧著說話，氣息微岔，出劍時短了半吋，左肩讓錦衣人刺中。所幸夥伴來援，傷口不深，他又繼續再戰。

錦衣人激鬥片刻，逐漸摸熟四人武功家數，洞悉他們的互補陣型。他本來爲求謹愼，不願搶攻，靜候他們露出破綻。如今血如冰遇險，梁龍虎又已受傷，他當下決定反守爲攻。他伏身閃過唐風雲的暴雨三連槍，揮劍砍向寒刀眞人雙腳。寒刀眞人縱身而起，左腳小腿讓槍頭劃破，連忙刀鋒下砍，盪開唐風雲的長槍。錦衣人趁他們手忙腳亂之際，左掌朝上一握，抓住猛頭陀的鎖鏈，狠狠扯動，把他整個胖大身軀給甩入空中，跟著長劍斜挑，刺向梁龍虎心口。

梁龍虎大駭，連忙轉身逃命。瞥眼間看見血如冰讓己方三人逼至洞口，連忙叫道：「動手！快動手！把石頭推下來！」

洞口岩壁上方轟隆聲響，竟是梁王府的伏兵朝下推落大石。錦衣人丟下梁龍虎，衝向洞口，一劍逼開三人，終於在大石落下前撲倒血如冰，兩人一同滾入山洞。

洞外一陣轟隆，數顆巨石壓將下來，待得塵埃落定，血如冰躺在地上，就著洞內餘火，發現錦衣人整個壓在自己身上。血如冰與他顏面相貼，正眼相對，大吃一驚，連忙出手推開他。

錦衣人神色吃痛，自她身上移開，隨即趴在地上。血如冰翻身而起，正想出言斥責，卻見錦衣人左腳讓顆大石壓住。石緣鋒利，血肉模糊。血如冰心慌，連忙上前推開大石。錦衣人褲管破爛，皮開肉綻，直冒鮮血。血如冰手足無措：「你傷得很重啊！」

錦衣人忍痛翻身，察看傷口，出手封了小腿上的穴道，出血登時變緩。他說：「皮肉傷。這樣大的石頭還砸不斷我的腿骨。」

「這樣還砸不斷？」血如冰瞪眼道。「你到底是人還是妖怪？」她扶錦衣人背靠岩壁坐起，撕下他的褲管，用壁上流水沾濕，回來幫他擦拭傷口。錦衣人眼看著她動作，跟著又轉向洞口。「洞口封死了。沒光透進來。」

血如冰沒答話，只是細心清理傷口。

錦衣人朝火堆出掌。掌風到處，火勢又旺盛起來。

血如冰一聲不吭地處理傷口，好一會兒後才說：「你老說要滅口，又爲何救我？」

錦衣人說：「就說我是好人。見妳危險，也沒多想。」

血如冰低著頭問：「那你都救我了，還要殺我嗎？」

錦衣人沉默片刻，問她：「適才說話，妳都聽到，知道我是誰了？」

血如冰點頭：「你是青囊山莊趙言嵐。」

趙言嵐揚眉：「妳不說我是前任武林盟主之子？」

血如冰說：「我知道你不喜歡聽人這麼說，自然就不提。」

趙言嵐伸手，血如冰立刻縮手。趙言嵐搖了搖頭，接過她手中的濕布，同時自懷中取出鐵門鑰匙。他說：「偏洞桌上有我的藥袋，請姑娘去拿金創藥來。」

血如冰打開鐵門，步入偏洞。偏洞比主洞狹小，其內有張破爛木床和小桌。桌上擺有藥袋。袋旁還擱著她的血滴耳環。血如冰翻找藥袋，裡面放了大大小小幾十支藥瓶。她皺眉，捧起藥袋，走回外洞。

趙言嵐等她出來，笑道：「蠱毒解藥就在裡面。不過妳認不出來，可別亂吃。」

血如冰不接話，在他身旁坐下，翻出昨晚見過的金創藥，開盒幫趙言嵐抹藥。

趙言嵐忍痛片刻，問道：「敢問姑娘芳名？」

「血如冰。」

「一聽就知道是假名。」

血如冰輕哼道：「名字再假，無道仙寨裡也沒人會追問。我來這裡是爲了重新開始。取這名字是要讓人以爲我不好惹。可惜遇上了你這個誰也惹不起的魔頭。」

趙言嵐說：「我不是魔頭。」

「我是。」血如冰說。「我在無道仙寨做買賣，沒有一件見得了光。我不像你家學淵博，沒有本事行俠仗義。我們這些底層百姓，只能在夾縫中求生存。明辨善惡，那是要先活下來才能奢望的事。但趙公子，你得天獨厚，有什麼藉口淪爲魔頭？」

趙言嵐不答。

血如冰又問：「難道你自恃武功高強，就能作威作福，視人命如草芥？」

趙言嵐接過金創藥，比比血如冰左手上的刀傷。血如冰撕下自己衣袖，讓趙言嵐抹藥膏。趙言嵐邊抹邊說：「我爹在世時，所有人對我鞠躬哈腰。我爹去世後，他們沒有一個瞧得起我。我與我娘離開玄日宗，自創青囊山莊，懸壺濟世，仗義救人。但在江湖人眼中，我始終還是我爹我娘的兒子。我就是要闖出一番事業，讓他們不敢再瞧不起我！」

血如冰看著他爲自己抹藥，心中湧現奇異之感。她說：「別人怎麼看你，眞的這麼重要？你不覺得自己始終是個孩子，一輩子都在他人期待下假裝大人？」

趙言嵐放下藥瓶，凝望血如冰。「所以我眼前的妳，都是假裝出來的？」

血如冰道：「我爲了生存，什麼都能裝。」

趙言嵐伸手輕撫血如冰臉頰。血如冰沒有畏縮抗拒，只是冷冷看他。趙言嵐問：「裝久了，妳還是自己嗎？」

血如冰答不出來。她在無道仙寨幹過幾件違背自己良心的事。她也不知道自己還是不是自己。或許所有無道仙寨的人都對外人的一句評語深以爲然：「發生在無道仙寨的事，通通留在無道仙寨。」他們期待自己只是過客，卻在不知不覺間落地生根，變成仙寨中人。

趙言嵐湊到她面前，幾乎碰到鼻頭。「妳爲了生存，什麼都肯做嗎？」

血如冰問：「你想怎樣？」

趙言嵐搖頭：「先離開這裡再說。扶我起來。」

血如冰拉過趙言嵐左臂，搭在自己肩上，撐著他起身。趙言嵐順手自火堆扯出一根燃燒木頭。

「你腳傷成這樣，還能推巨石嗎？」血如冰問。

「不走洞口。走密道。」

血如冰訝異：「還有密道？」

趙言嵐指引血如冰來到一面岩壁前。他取下岩壁上一塊圓石，露出其中鐵環。他拉動鐵環，岩壁上開啓一道密門。兩人穿門而過，進入密道。入口旁堆了幾支火把。

血如冰拿起一支。趙言嵐以手中木塊點燃火把。兩人深入密道。

血如冰攙扶趙言嵐行走，邊走邊問：「公子明明是外地人，在無道仙寨中卻也熟門熟路？」

趙言嵐說：「密道口開在城隍客棧。這山洞是城隍客棧的地字七號房。」

血如冰點頭：「我聽說過城隍客棧有客房建在山壁裡，沒想到還有密道通往遠處山洞。」

「很貴。還得把地字六號房一併租下。也只有無道仙寨裡有這種事。」趙言嵐說著，腳傷劇痛，停下腳步。

血如冰臉上掃過關懷神色。她扶趙言嵐靠牆休息，問道：「公子不是下榻餓鬼客棧嗎？」

趙言嵐輕哼一聲：「狡兔有三窟。我既知莊師兄和上官師姊都在無道仙寨，自然得把表面工夫做足。」

血如冰問：「莊師兄？」她見過上官明月，卻不知道還有個莊師兄。

趙言嵐語氣有點怨毒，又有點驕傲：「玄日宗莊森，聽過吧？」

血如冰訝異：「號稱天下無敵的大俠莊森？」

趙言嵐不高興：「哼，莊師兄幹過的好事，也不比我多到哪裡去。他名頭比我響亮，只因沒人說他依憑父貴。」

血如冰道：「聽說他不但武功高強，醫術亦十分高明。」

趙言嵐點頭：「他的醫術深得我娘眞傳，當今世上數一數二。」

血如冰問：「他解得了嶺南大白蠱？」

趙言嵐笑：「解得了。又如何？」他痛楚稍緩，撐著血如冰繼續前進。

血如冰走了幾步又問：「既然做足表面工夫，爲何不想讓莊森找到？」

「他來無道仙寨是爲了抓范氏兄弟。我救走范濤，自然不想讓他發現。」

血如冰說：「啊？你扯你師兄後腿？」

趙言嵐搖頭：「不算。他抓到范氏兄弟，救了要救的人，該辦的事便已了結。我再救走范濤，也不關他的事。」

兩人來到密道盡頭。趙言嵐扯動牆壁上的鐵環，拉開暗門，推動遮擋暗門的衣櫃，離開密道，進入城隍客棧地字六號房。趙言嵐腳痛，直接走向床鋪，癱坐其上。

血如冰站直身子，探探他的額頭道：「公子渾身發熱，怕是傷口感染。我去幫你找大夫。」

趙言嵐搖頭：「不必，這金創藥藥性猛烈，會這樣的。我休息休息，入夜便能行走。」說著躺上床。血如冰幫他扶腳上床，服侍他蓋好棉被。趙言嵐握住她的手。「坐下陪我？」

血如冰稍微遲疑，隨即坐下。她讓趙言嵐繼續握她的手，問道：「之後公子有何打算？」

趙言嵐恨恨地說：「自然是去追梁王府那票雜碎，殺光他們，奪回范濤，再去找梁王。」

血如冰問：「萬一他們殺你，是梁王示意呢？」

趙言嵐理所當然：「那就把梁王一併幹掉！」

血如冰微感吃驚，但又覺得以趙言嵐之能，未必辦不到此事。她問：「如此打打殺殺，公子當眞快活嗎？」

趙言嵐說：「人不犯我，我不犯人。他們自己找死，我有什麼好不快活？妳可知道，去年朱全忠已經跟我談好，只要青囊山莊加盟梁王府，我就出任首席食客。結果我娘不願加盟，他們連我也不要了。我趙言嵐是什麼人？竟讓他們如此輕賤？」

血如冰拍拍他握住自己的手，輕輕掙脫。趙言嵐想說什麼，血如冰卻伸出玉手，輕撫他的臉頰，柔聲說道：「公子如此生活，定然孤獨寂寞。」

趙言嵐感受她玉手溫暖，吹氣如蘭，說道：「我也好想找個懂我的人，長伴身邊。」

「如冰只是過客，並非長伴之人。」

趙言嵐伸手輕握撫摸臉頰的玉手。「旁人道我一生順遂，我卻一輩子都在逆境中掙扎。就連找個紅顏知己……都不能……我都……」

血如冰另一手搭上趙言嵐的手掌，將他緩緩推開，說道：「公子，你燒得越來越厲害，說話都不俐落了。還是先休息吧。」她去桌上倒水，餵趙言嵐喝下，又說：

「我回洞裡去收拾收拾。除了藥袋和劍，還有什麼要拿的嗎?」

趙言嵐搖頭。「有勞血姑娘。」

第七章　以身相許

血如冰回到地道，關上密門，隨即背靠密門，長吁一大口氣，臉上露出笑容。眼看趙言嵐拜倒在自己石榴裙下，這次或許眞的不用死了。她提步前進，邊走邊想，倘若眞能靠美色收服這個武功深不可測的大靠山，日後掮客居的生意定能無往不利。要是她操作得宜，把霧水情緣發展成眞感情，搞不好還能擺脫底層人生，飛上枝頭變鳳凰？

她搖了搖頭，不讓自己往這個方向想下去。她很久以前就對自己發誓，男人可以利用，但不可以依賴。不管過得多慘，她的人生都是自己的，不能交給其他人。況且趙言嵐自視甚高，自信過人，天知道會不會眞的去找梁王晦氣。這些年來與朱全忠爲敵的沒一個有好下場。血如冰爲人實際，面對朱全忠，她可不會押趙言嵐贏。

她走出地道，回到洞窟，撿起長劍，提起藥袋。無論如何，總得先弄到嶺南大白蠱的解藥才好。趙言嵐對她的好感看似不假，適才吐露心事的模樣也很眞誠。她該爲了解藥做到什麼地步？生死交關，當然是該怎麼樣就怎麼樣。但她心中有個矛盾的想法，總覺得若把自己身體給了他，色誘的成分太重，再說要跟趙言嵐長遠發展，難免心中有愧。

她推開鐵門，進入偏洞，點燃蠟燭，將藥袋放在桌上，把裡面十幾支藥瓶拿出來擺好。蠱毒解藥就在這些大小不一的藥瓶裡，偏偏藥瓶都沒有標示。趙言嵐是武林第一神醫「玉面華佗」崔望雪之子，隨身攜帶的自然都是仙丹靈藥。可惜血如冰知道這些仙丹靈藥之中藏有七孔流血的厲害毒藥，胡亂吃藥肯定下場不妙。她把藥瓶擺出來倒也不是眞的想找解藥，只是在胡思亂想的同時找點事做。

趙言嵐英俊瀟灑，神功無敵。儘管想法偏激了些，但他很清楚自己追求什麼，也有足夠的實力把空談化爲實際。他說的或許沒錯，兩人若在其他情況下相遇，血如冰很可能對他一見傾心。想到適才與他同坐一床，牽手摸臉，血如冰突然心跳加速，臉頰發熱，似乎動了情慾。她心裡一驚，深吸口氣，自腦中找回七里香和九天神醫死前的模樣。她搖了搖頭，自言自語：「脫身就好，別想太多，對妳沒好處的。他是外地人。發生在無道仙寨裡的事，只會留在無道仙寨。脫身就好了……」

她開始將藥瓶一一放回藥袋。正收拾著，瞧見擺在桌角的血滴耳環。她手一晃，藥瓶撞上耳環，耳環當即掉到地上，滾入床底。血如冰放下藥瓶，端起蠟燭，趴到地上，照明床底，伸手摸索，撿起耳環。

床底深處塞有一床棉被，被角黑漆漆的，似是血跡。

血如冰愣住。她將燭台移近，緩緩伸出顫抖的手，遲疑片刻，拉開棉被。棉被下露出一張女屍面孔，臉色慘白，死眼無神，瞪著血如冰。血如冰一驚非同小可，心都差點跳了出來，當場尖叫一聲，連滾帶爬退到身後洞壁，雙手摀嘴，渾身發抖，恐慌落淚，盯著床下依稀可見的女屍。

她抖動片刻，喘息稍定，緩緩爬回床下，拉開更多棉被。女屍胸口衣衫焦黑，隱約可見手掌之形。血如冰伸手貼上焦黑衣衫，該處布料酥脆，讓她剝了下來，只見女屍雙乳之間有道明顯掌印，隱隱發出焦肉氣味。血如冰立刻聯想到趙言嵐施展過的那套炙熱掌法。

血如冰倒抽涼氣，閉上雙眼，神色絕望。她想起上官明月在餓鬼客棧問起過一位孫姑娘。梁王府的人也說趙言嵐搭上了了緣居士的女兒。她一直擔心己身安危，始終沒將那位不在場的女人放在心上。趙言嵐床下出現女屍，多半就是旁人口中的孫姑娘了。她想起趙言嵐昨晚在身後說：「其實我是好人。」突然感到一陣噁心，還有說不出的恐懼。范濤那句「好人更有理由殺妳。」也在她耳中迴盪不絕。她不知道趙言嵐跟孫姑娘是什麼關係，但兩人既然結伴同行，客棧中又共居一室，關係肯定十分親密。倘若跟他親密的姑娘都死在他手上，自己這段露水情緣又算得了什麼？

「不……不會的。趙公子是翩翩君子，他不會……」

她的思緒回到刀客窟中，透過門縫看見躺在地上的黑衣人一劍穿心而亡。黑衣人究竟目睹了什麼，逼得趙言嵐非要殘殺同門不可？若是撞見他殺害無辜女子，一切就說得通了。這姑娘做了什麼，得罪他了？還是說，她不是他第一個殺的女人？也不是最後一個？

趙言嵐的聲音彷彿在她耳邊響起：**「這世道變化太快。說什麼話可以活命？我沒辦法告訴妳。」**

血如冰「哇」地一聲，把早上吃的包子通通吐了出來。她想否認事實。她努力回想趙言嵐誠摯的表情，在巨石下撲上來捨身救她的模樣。他既然救了她，還會殺她嗎？

范濤說過：**「妳得讓他捨不得殺妳。」**

趙言嵐說過：**「妳知道的越多，我越有理由滅口。」**

「讓他捨不得殺妳。」

血如冰啜泣哽咽，緩緩伸手闔上女屍雙眼。她側身趴在床下，不自禁地劇烈顫抖。

□

不知過了多久，血如冰淚水乾了，心中的波濤寧靜下來。她爬起身，擦拭淚痕，揹藥袋，取長劍，吹熄蠟燭，走出偏洞。她走到山壁旁接點泉水，洗清面孔，又到將熄的火堆前站立片刻，依照想不起是哪門哪派的內功心法運轉氣息，進一步沉浸思緒。她絕不能讓趙言嵐看出她神色有異，懷疑她發現屍體。她必須用盡手段活下去。為了生存，她什麼都肯幹。

她理理趴在地上弄髒的衣衫，拉開鐵環，離開洞窟。她穿越密道，開啓密門，神態自若地回到地字六號房。

趙言嵐坐在床沿，一手拿著茶杯喝水。

血如冰神色關切：「趙公子，你怎麼起來了?你該多休息呀。」

趙言嵐說：「妳去久了。我怕出事。」

血如冰將藥袋與長劍放在桌上，背對趙言嵐，接著拿出血滴耳環，邊戴回左耳邊道：「沒事，我找我的耳環呢。公子昨晚拿我的耳環做什麼？」

趙言嵐正經道：「我怕日後見不著姑娘，留作紀念。」

血如冰語帶醋味：「公子跟我瘋言瘋語，不怕相好的姑娘吃醋嗎？」

趙言嵐忙道：「什麼相好的姑娘？我沒有啊。」

血如冰問：「餓鬼客棧的人說有位姑娘與公子同行。她不是你的相好嗎？」

趙言嵐毫不遲疑道：「喔！孫姑娘只是朋友。她有事，離開仙寨了。妳永遠不會見到她的。」

血如冰閉上雙眼。「原來只是朋友。」

趙言嵐站起身來，一拐一拐來到血如冰身後。血如冰渾身緊繃，眼珠轉向桌上長劍。

趙言嵐輕拉血如冰小手，問她：「血姑娘，妳不會是吃醋了吧？」

血如冰下定決心，轉過身去，雙手捧起趙言嵐臉頰，踮腳湊上去一陣狂吻。趙言嵐正要熱情回應，突然讓她推開。血如冰說：「我吃醋了。那怎麼辦？」

趙言嵐讓她挑起情慾，喘息道：「妳不需要吃醋。」說完一張嘴親了上去。兩人激情擁吻。趙言嵐扯落血如冰衣衫，一把抱她上床。

□

日落西山，夜幕低垂。血如冰赤身裸體，側臥在床，面對牆壁，假裝沉睡。

趙言嵐著裝完畢，坐在桌前。桌上擺著適才店小二送來的臉盆。趙言嵐擰乾毛巾擦臉，跟著把毛巾丟回盆內。他揹起藥袋，提起長劍，來到床前，凝望血如冰白皙玲瓏的背影。

血如冰緊張至極，不敢亂動，只能靜靜等候，任人擺布。

趙言嵐伸手到她耳邊，輕輕撩起她的血滴耳環，兩指夾住，似乎又要取下。他凝止片刻，最後放開耳環，縮手，走過房間，打開房門。血如冰聽他佇立在門口，以為他會說些什麼。但他終究什麼都沒說，步出門外，關上房門，邁步離開。

血如冰聽到腳步聲走遠，輕輕翻身，看向門口，確認趙言嵐已走。她忍不住大口喘氣，越喘越凶，過了好一陣子才冷靜下來。她下床，四肢痠軟，微微顫抖，來到桌前，抓起臉盆裡的濕毛巾，開始擦拭身體。她用力擦臉、擦胸、擦下體，彷彿全身骯髒污穢，怎麼洗也洗不乾淨。最後她放下毛巾，眼看自己抖個不停的雙掌，用力握拳，阻止手繼續抖下去。

她撿起丟在地上的衣衫，披在身上，這才看見窗口茶几上放著一支藥瓶及一張字條。她拿起字條，其上寫道：「解藥在此。有緣再見。」

血如冰撕碎字條，丟出窗外。她拿起藥瓶，拔下瓶塞，往嘴裡倒藥。吞下藥丸後，血如冰砸爛藥瓶，又哭又笑，披頭散髮，神色癲狂。滅口之禍，總算是度過了。

第八章　入獄

血如冰失魂落魄，穿越城隍客棧大堂。掌櫃的和店小二看著她離開，臉上神情似笑非笑，心照不宣。無道仙寨每日都上演著美貌姑娘勾搭外地人，企圖拋下過去，遠走高飛的橋段。也每天都有人被吃乾抹淨，棄如草芥。趙言嵐先付房錢再走，已經算有良心。血如冰只能慶幸城隍客棧不是她平日出沒之地，沒有當場讓人認出。

至少她以爲沒有讓人認出。

其時華燈初上，客棧酒館熱鬧非凡。血如冰走在路上，對繁華喧囂的景象視若無睹。命是撿回來了，但她的內心卻殘破了。這不是她第一次遭男人玩弄，也不是第一次爲達目的出賣色相，但她從來不曾擔心受怕到心力憔悴。她一心只想趕快回家。回到自己的床上，關上房門，從此不見任何人。

「哎呀！美人！瞧妳失魂落魄的，本少爺看不下去呀！」

血如冰冷冷抬頭，只見一名闊少爺公子哥兒滿臉淫笑攔在面前，旁邊三個家丁打扮的男人把她團團圍住。她神色茫然看著他們，似乎不知道他們有何企圖，直到那公子伸手摸她臉蛋，她才驚叫後退。

公子哥兒大笑：「唉唷！你瞧那羞怯的美呀！來來來！讓本少爺疼惜妳，我包妳一整年不愁吃穿！」

血如冰萬念俱灰，也沒打算動手抵抗，心中只想著：「這些年我究竟在混些什麼，竟連這等敗類都能欺負我？」

她突然聽見幾下悶哼，圍著她的敗類通通不見。她心中微喜，竟然期望是趙言嵐回來救她，但站在身邊的卻是一名六十來歲的慈祥老者。老者語氣親切，一開口便在血如冰心中燃起一股父執輩的暖意。他說：「姑娘，此地醉漢滿街，宵小橫行，妳趕緊回家吧。」

血如冰左顧右盼，只見調戲她的傢伙全都躺在三、五丈外，嗯嗯唉唉爬不起身。她知道眼前的老者也是絕世高手，但她完全沒有心力在乎那些。她輕聲道謝，繼續往山腳下走。

不多時來到市集大街，轉入自家巷口。人聲隱去，燈火黯淡，儘管景色陰森，她卻覺得比人多的地方心安。走著走著，斜裡飛來一顆小石，落在她腳邊。血如冰不以爲意，繼續行走，隨即自小石飛來的方向聽見一下悶哼，似是曹諫所發。血如冰迷迷糊糊，尚未想起暗巷拋石乃是她與曹諫約定好的警告信號，身後已經多了兩道人影。揗客居近在眼前，她也不太驚慌，只是快步前進。

前方陰影中冒出三人，血如冰又給圍了起來，不過這一回，爲首的是名中年漢子，師爺打扮，認得出是浪蕩軍管事的帳爺。

帳爺來到血如冰面前，冷冷說道：「血如冰，妳涉嫌殺害玄日宗鄭瑤、刀客窟八方鳳凰七里香、要犯范浪，並劫走范濤。一個晚上，挺忙碌的。我奉寨主之命，抓妳回去問話。」

血如冰冷冷苦笑，自言自語道：「原來不是饒我性命，而是留我下來揹黑鍋。」兩名男子取出繩索，套住血如冰雙手。血如冰毫不抵抗，跟他們去。

□

這一走又是大半時辰，從山腳走回山峰大牢。浪蕩軍的人把血如冰帶進一間石室，強迫她坐下，將綑綁她雙手的繩索另一端綁上牆壁鐵環。帳爺坐在她對面，拿起桌上的茶壺倒茶，喝得津津有味。血如冰又累又渴，但始終面無表情，低頭不語。

帳爺放下茶杯，厲聲問道：「血如冰，昨夜刀客窟後門發生雙屍命案。老闆證實妳當時與死者七里香一起待在後房。案發經過究竟如何，給我交代交代。」

血如冰回想當時景象，但卻不理會他。

帳爺又問：「妳與鄭瑤公子如何相識？為何要殺他？哼，妳不說話就行了？鄭瑤死時，手中握著血滴耳環，有人認得那是妳血揹客的標記！難道不是妳跟他衝突中扯落的？妳這毒蠍女子，僱用刀客欲殺鄭公子，刀客不敵，妳就親自出手。看不出妳嬌柔模樣，竟然武功高強，殺得了玄日宗的大爺。」

血如冰兩眼無神。帳爺的嗓音彷彿發自遠方。

帳爺喝問：「妳來大牢劫獄，卻又留下活口，這不是太笨了嗎？妳劫走范濤做什麼？餓鬼客棧劉掌櫃證實妳事發之後曾在客棧逗留，打探玄日宗之事。看來趙言嵐與孫紅塵失蹤案，多半跟妳也脫不了關係！」

血如冰微微抬頭，輕聲道：「孫紅塵？原來她叫孫紅塵。」想起床下女屍孤單淒苦，她突然覺得自己也不算太慘。

帳爺大聲吆喝：「血如冰！妳與玄日宗有何冤仇，還不給我從實招來？趙言嵐和孫紅塵還活著嗎？還是都讓妳害死了？我告訴妳，玄日宗的人死在無道仙寨，我們是一定要交人出去的！好，妳不說是不是？給我打！」

站在血如冰左側的大漢聞言，朝她左臉一拳卯下。這一拳實實在在，打得血如冰眼冒金星，雙眼聚焦，如夢初醒。她喃喃道：「他把我的耳環留在孫姑娘身旁，難道也是想要嫁禍給我？」

「妳說什麼？說清楚點！」帳爺見她不搭理，指著她鼻子罵道：「賤骨頭，打妳才肯說話，是嗎？再打！」

大漢揚起拳頭，尚未捶落，門口突然閃入一道人影，一把抓住他的手。那是名年近三十的男子，英氣勃勃、相貌堂堂，雖不及趙言嵐英俊瀟灑，卻散發出一股天塌下來都扛得住的氣魄。又是個一眼就能讓女子傾心的傢伙。血如冰討厭這種傢伙！

男子問道：「帳爺，你們怎麼打人呢？血姑娘未必是凶手，說不定她也是受害者呀！」

帳爺理所當然道：「我管她是不是受害者，打完她就變凶手啦！」

男子不滿：「你說這什麼亂七八糟的？你是想隨便交個人給我了事？」

帳爺說：「我們這邊都是這麼辦事的。」

男子搖頭：「我不是這麼辦事的。我要查眞相。」

帳爺皺眉：「啊？原來莊大俠要查眞相呀？難吶！眞相難吶！」

男子說：「別攪和。我來問。把繩子解開了！」

帳爺無所謂，比個手勢命令手下解開血如冰手上的繩索。那男子見血如冰還在發愣，便在她身旁蹲下，安撫她道：「血姑娘，在下姓莊名森，是玄日宗弟子。」

血如冰轉頭瞪他，惡狠狠說：「玄日宗沒有一個好東西！」

莊森問：「姑娘何出此言？」

「你們壞透了！」血如冰說著，一巴掌甩在莊森臉上。

血如冰身旁兩名大漢又要動手。莊森連忙站起身來，攔下他們。他說：「喂！唉呀！你們出去！」

帳爺揮手遣走大漢。莊森揉揉臉頰，拉張椅子，坐在血如冰面前說：「血姑娘，無論妳對玄日宗有何偏見，我莊森都沒虧待過妳。可不可以請妳不要打我？」

血如冰伸手輕撫莊森臉頰。貌似憐惜，但卻面無表情。

莊森偏頭，避開血如冰的手掌，又說：「我師姪鄭瑤在金州出任捕頭，破案無數，深受愛戴。他是正直好人，不該枉死於此。還請姑娘告訴我，他究竟是怎麼死的？」

血如冰回想鄭瑤死前模樣，冷冷說道：「告訴你又怎麼樣？你還不是袒護自己人？到時候說我信口誣賴，破壞玄日宗名聲，我也辯不過你，說不過你。莊大俠聲名遠播，說一句話抵我說十句話。我們普通百姓除了任你欺壓，還能怎樣？」

莊森問：「鄭瑤是趙師弟殺的嗎？」

血如冰愣住，全沒料到他會這麼問。她說：「你知道？」

莊森說：「我細查鄭瑤屍身，發現他內臟有灼傷痕跡。那是本門玄陽掌內勁所致。趙師弟沒有直接施展玄陽掌，但他功力深厚，依然留下痕跡。」

血如冰道：「你既然知道，還不去抓他？」

莊森問：「他爲什麼要殺鄭瑤？」

血如冰聳肩：「我哪知道？八成鄭瑤撞見了他幹壞事。」

莊森語氣不安：「什麼壞事？」

血如冰凝望他：「我可以告訴你，但你要答應我，殺了他！」

「殺了？」莊森爲難。「我答應妳將他繩之以法。」

血如冰怒道：「你們武林門派根本不把王法看在眼裡。抓回去了，不過家法伺候。你就是要袒護他！」

莊森說：「我保證會讓他得到應有的懲罰！」

「他殺了人呀！」血如冰大聲說。「他殺無辜、殺同門，還殺女人！除了償命，還有什麼叫做應有的懲罰？你不知道我爲了保命，做了什麼！我……我把……我給……他……」

莊森手足無措：「姑娘……」

血如冰突然大叫：「他殺女人！他殺女人……他……殺女人……」

莊森見她神色淒涼，目光泛淚，忍不住湊上前想安慰她。他伸手搭她肩膀。血如冰驚嚇甚深，用力甩開他。

「你不要碰我！」血如冰雙腳縮上椅子，雙手抱膝，不住搖晃。「不要碰我……不要碰我……不要碰我……」

莊森雙手上舉，後退兩步，保持距離，深怕嚇到血如冰。幸虧上官明月於此時趕到，連忙湊上血如冰身邊安慰她。「血姑娘，我是上官明月，在餓鬼客棧見過的，記得嗎？妳說仰慕我的那個？」

血如冰乍見熟面孔，一時間不再抗拒。上官明月將她擁入懷中，輕輕拍她背心，出言安慰。終於血如冰情緒平復後，莊森這才輕聲問道：「孫姑娘……還活著嗎？」

血如冰搖頭。

莊森語氣求懇：「求姑娘帶我去找她。」

血如冰放空片刻，輕輕點頭，站起身來，向外便走。莊森等人連忙跟出去。

第九章　收屍

一行人來到城隍客棧。帳爺向掌櫃的打過招呼，走地字六號房穿地道抵達七號房洞窟。掌櫃取鑰匙開啓鐵門，掀開破床，露出孫紅塵屍首。

掌櫃的見來了一夥人說要掀床底，早就料到會見死屍。他說：「帳爺，你們既然來了，屍就給你們收了。」

帳爺問：「平常你們怎麼收？」

掌櫃答：「就外面找塊地埋了。」

帳爺問：「司空見慣了？」

掌櫃嘆口氣：「我們客棧就是做外地人生意。外地人來到無道仙寨，就是會幹些在外面不幹的事。一入仙寨，後果自負。殺人不償命，本來就是仙寨的賣點。」

帳爺比向孫紅塵的屍首。「殺錯了人，一樣要償命的。」

莊森單膝跪倒在孫紅塵身前，輕握她僵硬的手掌。他雙眼濕潤，嘴唇微顫：「孫姑娘，莊森所託非人，害妳慘遭毒手，實在不是一句過意不去可以表過。妳爹，我已經救出來了。這就送妳去與他團聚。」

莊森擦拭眼角淚水，放開孫紅塵，站起身來。上官明月拍拍他肩膀，走去與帳爺交談幾句。帳爺指示兩名手下入偏洞抬出屍體。

血如冰靠著洞壁，冷眼旁觀。她不認識孫紅塵，但想到自己只差一點就淪為同樣下場，心中有股同是天涯淪落人的奇特情誼。她默默看著屍體抬出偏洞，見莊森傷心，忍不住問道：「你跟這位孫姑娘要好嗎？」

「相識不到兩個月。」莊森說。「我們此行仙寨，是為救她爹了緣居士而來。之前查到線索，必須兵分兩路，我便讓她跟了趙師弟去。想不到卻害死了她。」

血如冰愣愣說道：「我看著她，好像看到了我自己，孤伶伶地淪為陰冷洞穴中的無名屍首……」

莊森搖頭：「姑娘已逃出生天，無需再害怕了。」

「我一輩子都會害怕。」血如冰說。「除非你殺了他。」

莊森走出偏洞，就著火堆火光打量洞口巨石。他問：「妳說梁王府搶走范濤，趙師弟要去追他們？」

血如冰點頭，問道：「范濤是什麼人？」

莊森說：「當初劫走孫姑娘她爹的人。此人武功奇高，不在趙師弟之下。倘若兩人聯手，倒也麻煩。」說完勁灌左臂，單手推石。轟然巨響，落石鬆動，莊森連推幾下，將洞口幾塊落石盡數推開。

血如冰咋舌，說道：「你一邊展露神功，一邊說別人武功高強，要我如何信服？」

莊森走出洞外，上官明月、血如冰及帳爺跟了出去。

早上一場大戰，在洞外留下許多打鬥痕跡。莊森與上官明月四下察看地上、樹上、石上的砍痕及斷口。血如冰冷冷瞧著他們幹這些看似無關緊要之事，心中怒火越燒越炙烈。她走到莊森身後，大聲說道：「我鄉野女子，見識淺薄，震懾於趙言嵐神功，只道他天下無敵。如今看到莊大俠出手，才知道人外有人，天外有天。我要你殺趙言嵐，你卻始終避而不答。你根本就不打算殺他，對不對？」

莊森拋下手中一顆遭人一刀兩斷的小圓石，回頭正對血如冰，說道：「趙言嵐是我大師伯和四師伯的兒子。我就算要殺他，也得帶回總壇，請掌門發落。」

「藉口！」血如冰不信：「他已脫離玄日宗，自創青囊山莊。你殺了他又怎麼樣？」

莊森說：「大師伯和四師伯都是我最敬重的長輩。我……」

血如冰插嘴：「那孫姑娘呢？你就不敬重她，讓她死不瞑目嗎？她雙眼是我闔上的，你知道嗎？我發現她時，她目光有多哀怨委屈，你知道嗎？」

莊森心煩意亂，說話聲音大了：「妳以為我不想殺他？我這輩子從來沒有這麼想殺一個人過！但是我輩學武之人，練出一身天下無敵的功夫，倘若想殺誰就殺誰，那這亂世還要亂到什麼時候？」

血如冰怒道：「是亂世還是盛世關我屁事？我們這些小人物在任何時代，也只是想盡辦法活下來而已。你莊大俠是大人物，有大道理，自然不把我們看在眼裡！」

莊森深吸口氣，心平氣和說：「老實跟妳說了。我懷抱殺他之心去找他。但到時候殺不殺得了，我不能保證。」

血如冰問：「你天下無敵，有什麼人殺不了？」

莊森說：「他還有娘親和妹妹。這兩個人任何一個出來保他，我都殺不了。」

血如冰不屑：「哼！看不出你莊大俠心如此軟，竟受不了女人哀求。」

莊森不悅：「妳不要自己懦弱，便小看了天下女人。我四師伯和趙師妹武功都不在我之下。他們若與趙言嵐聯手，我多半就不是對手。」

血如冰啞口無言。

莊森繼續：「姑娘自認是小人物，只想靠我這種妳眼中的大人物來報仇，好像我們一身功夫都是打從娘胎裡帶出來一樣。我不幫妳報仇，就是在欺壓弱者。如此指責他人，怪罪他人，對妳的人生有何助益？」

血如冰說不出話。

莊森問：「帳爺在掮客居搜出十幾本武功祕笈。妳都練過嗎？」

血如冰唯唯諾諾：「就……看過。」

「爲何不練？」

血如冰撒不了謊：「我……沒耐性。」

莊森問：「那妳收集祕笈幹什麼？」

血如冰嘆氣，首度對自己承認：「幻想有朝一日能夠成爲武林高手。」

莊森冷冷看她：「那可能不是妳用想的就行。」

血如冰慚愧低頭。

莊森不再理她，轉向帳爺道：「梁王府一行約莫十人。其中高手有配劍、有拿彎刀、有一把長槍，還有耍鎖鏈刀的。這群人應該不難認，請帳爺幫我查查他們出寨後往哪個方向去了。」

帳爺一口答應：「這好辦。咱們在仙道谷驛站問問就知道了。」

上官明月職掌玄日宗第一分舵，又與樞密機關玄天院相熟，對梁王府的高手知之甚詳。她說：「劍法靈動，劍身彎曲，多半是雄黃山的靈蛇劍法。梁王府領頭的是梁龍虎那個老傢伙。他有個跟班叫寒刀眞人，刀法高，內力也強，據說是鐵匠出身，隨身攜帶好幾把削鐵如泥的兵器。這使槍的三槍一招，三招一套，乃是唐風雲的天王槍法。據說唐風雲爲人正直，是梁王府中少見的清流，不知爲何與梁龍虎混在一起。」

「天底下使鎖鏈刀的人不多，梁王府裡就只一位，便是少林棄徒猛頭陀。他習武追求速成，與少林武功強身健體的宗旨不合，於是在兵器上下功夫，自創一套鎖鏈刀法。少林和尚見他戾氣太重，便把他給趕了出來。這幾個人在梁王府中並非頂級高手，朱全忠若眞有心對付趙師弟，不會只派他們來。據我推測，還是梁龍虎私心鬥爭的可能性高些。」

這幾句話聽得在場眾人目瞪口呆。帳爺忍不住鼓掌叫好，莊森豎起大拇指，稱讚她：「師妹見多識廣，做師兄的甘拜下風。」血如冰滿心崇拜，佩服不已。她收集祕笈，爲的就是能像上官明月這樣開口頭頭是道，唬得別人五體投地。可惜今日洞外一戰，血如冰瞪大眼睛看著也認不出梁王府高手任何來歷，而上官明月卻只憑現場留下的蛛絲馬跡，就把所有人的家底都掀了出來。

「師兄。」上官明月比個手勢。莊森隨她走到岩壁旁一棵樹前。上官明月指向樹上焦黑掌印說：「我玄陽掌初學乍練，尚未大成。這一掌我打不出來。敢問師兄，趙師弟的玄陽掌功力如何？」

莊森豎起食指，插入樹幹，感受中掌處的深淺。他說：「他很厲害。妳若遇上，當使雲仙掌與之遊鬥，專攻他上臂穴道，阻他功力運轉，萬萬不可與他對掌。」

上官明月皺眉：「趙師弟不會想殺我的。」

莊森搖頭：「難說。他殺了鄭瑤。」

事實擺在眼前，上官明月只好說：「我會小心。」

莊森看著掌印，凝思片刻，說道：「師妹，我去追趙師弟。孫姑娘的死訊，勞煩妳去告知了緣居士。」

上官明月不肯：「師兄受傷了，應該我去追趙師弟。」

莊森搖頭：「妳不是對手，而我……不知如何面對了緣居士。妳跟著他，別讓他衝動行事。」

帳爺詢問：「莊大俠是一個人去追嗎？我可請示寨主，召集人馬，方便搜捕。」

莊森說：「不必。你們四下留意，提供消息便是。萬萬不可與之動手。我一個人去追他。」

血如冰連忙說道：「我要一起去！」

莊森轉向她：「血姑娘深受打擊，身心俱疲，還是先回家休息得好。」

血如冰哀求：「我一個人回家，只會胡思亂想。求大俠帶我去。」

莊森看看上官明月，又瞧瞧血如冰，冷冷說道：「妳想殺他，就得盡快。讓我四師伯得到消息，事情就難辦了。」

血如冰忙道：「我不會拖累莊大俠的。」

上官明月聽說要殺趙言嵐，皺起眉頭道：「大師兄……」

莊森點頭：「趙師弟爲何殺害孫姑娘和鄭瑤，我定會調查清楚。倘若罪證確鑿，我該怎麼做，就怎麼做。」

上官明月瞧他片刻，說道：「你要小心。」

「我會。」

莊森等人趕往仙道谷驛站。上官明月會同山寨，將孫紅塵送往殮房。

第十章　深夜

深夜，梁王府一行人在欲峰山以北四十里外大道旁樹林中紮營過夜。眾人七橫八豎躺在火堆之旁，便只唐風雲一人遠離火堆，坐在石頭上，肩靠長槍，負責守夜。

范濤在火堆旁盤腿打坐，雙眼半開半闔，也不知睡是沒睡。

梁龍虎躺在他對面，睡眼惺忪瞧著他，忍不住道：「范先生，咱們有人守夜，你就睡吧。」

范濤睜開眼睛，冷冷說道：「趙言嵐沒死，我得盡快養好內傷。」

梁龍虎不以爲然：「幾顆數百斤的大石封住洞口，他出不來的。」

范濤哼了一聲，又說：「照我說在洞口放火，燻死了他，不就沒事了？」

梁龍虎搖頭：「在無道仙寨放火，肯定引人注目。咱們此行首要目的是帶先生出寨，無謂引來不必要的麻煩。」

范濤冷笑：「開罪趙言嵐就是不必要的麻煩。開罪了他又不確保他死透，只怕你怎麼死的都不知道。我是無所謂，他功名富貴都著落在我身上，不會殺我的。你們吶，自求多福吧！」

梁龍虎不高興：「杞人憂天。我說他死啦！」范濤不再理他，自顧自地打坐運功。梁龍虎瞪他片刻，疲憊困倦，便自睡了。

半時辰後，夜深人靜，守夜的唐風雲腦袋逐漸低垂，眼前突然多了兩條腿。他抬頭一看，見是趙言嵐，當場睡意全消。

「趙言嵐！」

唐風雲腳踢靠肩而立的槍桿，槍身由下而上，撞向趙言嵐。趙言嵐側身避過，拔劍出鞘。唐風雲空中一個筋斗站定，順勢刺出長槍。趙言嵐長劍一抖，斬下槍頭。天王槍法每一招都是連環三槍，快如疾風。三槍刺下來，槍身越來越短，最後一槍刺向趙言嵐胸口，但槍身已經比趙言嵐的長劍還短。趙言嵐胸口沒事，唐風雲卻劍貫咽喉。他捂住咽喉傷口，止不住鮮血狂噴，倒在地上抽搐掙扎。

趙言嵐飄然後退，遁入樹林之中。

梁王府眾人聞聲趕來時，唐風雲已經停止掙扎。第一個搶上的猛頭陀抱起唐風雲，大叫：「唐兄！唐兄！」出手猛壓他咽喉傷口，眼看回天乏術。

眾食客手握兵器，全神戒備，打量四周樹林。樹林陰暗，看不及遠。梁龍虎叫道：「趙言嵐！有種就出來說話，如此裝神弄鬼，不算好漢！」

樹林中傳來趙言嵐的聲音：「我一對一打死他不算好漢，非得出來讓你們圍毆才算好漢？」

有個善使飛刀的食客聽音辨位，朝樹林拋出飛刀。就聽見破風聲響，入了樹林便了無聲息。跟著落葉飛竄，勁風來襲，該食客咽喉中刀，倒地身亡。

眾人嚇了一跳，紛紛將武器舉在身前，武功較遜的連忙躲到高手身後。梁龍虎喝道：「趙言嵐！滾出來！」

趙言嵐在樹林中說：「想死不急。你們惹惱本公子，我要一次一個慢慢殺。且看你們有幾個人到得了梁王府。哈哈哈哈！」

他的笑聲迅速遠去，如鬼似魅，令梁王府眾人心下發毛。他們戰戰兢兢站在原地，又過了好一會兒，猛頭陀才說：「梁大哥，他三招兩式就殺了唐兄……會不會太厲害了點？」

梁龍虎罵道：「這小子哪有這麼厲害？定是唐風雲守夜打盹，才讓他逮到機會。」

范濤緩緩走來，哈哈大笑：「梁龍虎，你要壯膽，也得說點自己信服的話。到了這個地步，你還要說趙言嵐是個沒本事的紈褲子弟，真會怎麼死的都不知道。」

梁龍虎怒道：「范濤！大家都在同一條船上，你別幸災樂禍！」

范濤還在笑：「我可沒跟你在同一條船上。我反正去投靠梁王。是你們送我去，還是趙言嵐送我去，無所謂。」

「你！」

寒刀眞人拉了拉他，說道：「今晚別睡了。收拾行李，離開再說。」

猛頭陀也說：「露宿野外，防禦不易。明日我們找個人多的市鎮投店。」

眾人匆忙收拾，丟下夥伴屍體，上馬離開樹林。

□

莊森與血如冰隨帳爺來到驛站，打聽梁王府眾人去向，約定好聯絡記號，借了兩匹快馬，連夜北上趕路。血如冰心力交瘁，疲憊不堪，深夜趕路，幾度打盹，差點摔下馬來。莊森無奈，只好兩人共乘一騎，讓她坐在自己身後，牽著她的馬趕路。

血如冰伏在他背上，小睡半個時辰，終於有點精神。她覺得莊森的背很厚實，很溫暖，有種安心的感覺，好想一路這麼抱著。但經歷趙言嵐之事，她對男人起了難以消除的戒心。不管莊森名聲多好，他始終是趙言嵐的師兄，蛇鼠一窩，天下烏鴉一般黑，她絕不能徹底信任此人。血如冰雙手向後，扶著馬鞍，說道：「莊大俠，我休息好了，可以自己騎馬。」

莊森回頭道：「姑娘疲憊，再睡一會兒，天亮了我再叫妳。」

血如冰想起適才當胸貼在他背上睡覺的模樣，心想：「這傢伙道貌岸然，不過是個色鬼！要我伏著他睡，便是佔我便宜。眼下要他幫忙，不好得罪於他。但剛剛睡這一覺，便宜也佔夠了。」她說：「不敢勞煩大俠，我自己騎就是了。」

兩人分騎兩馬，在道上奔馳片刻。莊森放緩馬速，對血如冰道：「我的馬累了，咱們騎慢些。」

二騎緩步而行，滿天星斗下，各想各的心事。片刻過後，血如冰終於忍耐不住心中煩惱，老起臉皮說道：「莊大俠，我……如冰聽說你醫術高明，可比華佗再世。」

莊森也不謙虛，只問：「姑娘要看病嗎？」

「我只是……」血如冰低下頭去，難以啓齒。「想請你配一帖……事後涼藥。」

莊森一愣，轉頭看向血如冰。見她低頭不敢面對自己，連忙又把頭轉回來。他吐口氣道：「趙言嵐那個畜生……」

血如冰不知道自己為何氣惱，竟脫口辯道：「是我為了保命，主動……主動獻身的。他也沒有逼迫我……」

莊森沒想到她會為趙言嵐辯解開脫，不知該如何應對，便說：「明日到了市鎮，我為姑娘把脈。若有需要，便上醫館配藥。姑娘放心，妳不想要的，不會留下。」

血如冰微感安心，鬆了口氣。過了一會兒，突然想到，這才對莊森道：「多謝莊大俠。」

兩人繼續騎一段路。血如冰心中困擾，忍不住問：「我為求自保，主動獻身，莊大俠會看不起我嗎？」

莊森搖頭：「我看不起讓妳覺得必須這麼做的人。」

血如冰瞧著他的側影。她不知道他這話說得是否真心，但她真的需要聽到這樣的回答。她說：「你認為……孫姑娘是不是……不願意為了自保而獻身，這才慘遭毒手？」

莊森突然停馬，握著韁繩的左手微微顫抖，顯然情緒激動至極。他說：「我希望不是這樣。當初……」他看血如冰一眼，考慮是否該說這些。「當初趙師弟對孫姑娘頗有好感，而我又……婉拒了孫姑娘示好。我們分開時，孫姑娘是自己要跟趙師弟走的。我不認爲趙師弟會逼姦，孫姑娘看來也不討厭他。只不過……孫姑娘是初識，趙師弟也許久沒見了。說到底，都怪我太輕信於人……」他皺眉片刻，又說：「但要我假設任何人都別有用心，實在有違我的本性。」

血如冰說：「既然孫姑娘自己要跟他走，大俠又何必如此自責？」

莊森說話含蓄：「她心裡有過我，而我卻拒絕她。那份狠心，那種遺憾，總是會讓人放在心上的。」

血如冰搖頭：「大俠說孫姑娘與你同行，是爲了救她父親。或許是如冰小人之心，但會不會她對你示好，也只是要利用你？」

莊森不置可否：「我們永遠不會知道了。」

血如冰忙道：「對不起。如冰失言。」

莊森嘆了口氣，指向路旁蹄印。「有人由此入林，多半是在林中露宿。咱們過去瞧瞧。」

兩人策馬入林，走了一會兒，來到一片空地，發現地上兩具屍體。血如冰認出他們，說道：「是梁王府的人。」

兩人翻身下馬，來到唐風雲屍首前。莊森見地上四截斷槍，知道他是唐風雲，說道：「霹靂神槍唐風雲。此人頗有俠名，是個救人危難的英雄。他加盟梁王府，是為了讓百姓早點過好日子，不是追求富貴功名。」

血如冰問：「不求富貴功名，又跟來搶首席食客幹什麼？」

「或許身處什麼環境，就會追求什麼東西。」莊森說著伸手探探火堆。「涼了。他們啓程已久。我們繼續趕路。」

□

鄭瑤及孫紅塵的屍身並排躺在無道仙寨殮房。孫了緣坐在兩張板床中間，面對自己女兒。上官明月站在他身後，搭肩安撫，但目光卻停在鄭瑤身上。帳爺站在門口，默默等候。

孫了緣握著愛女之手，老淚縱橫。他之前失陷人手，慘遭折磨，早已做好再也見不到愛女的準備。獲救之後，他才剛燃起些希望，卻又白髮人送黑髮人。他哭得肝腸寸斷，啜泣說道：「塵兒，塵兒……爹一生無用，對不起妳！爹對不起妳！」

上官明月輕拍他背，說道：「居士，請節哀……」

孫了緣搖頭道：「我心中悲苦，爲何節哀？帳爺，你說他們往哪兒去了？」

帳爺答：「往北。」

孫了緣岔了氣息，斷斷續續吸了好幾口氣，這才說道：「請帳爺幫我備馬。」

上官明月忙道：「居士，大師兄已追趕而去，定能將凶手手到擒來。居士發願行善，不必多沾血腥。況且趙言嵐武功高強，除了大師兄外，誰也不是對手。居士……」

孫了緣轉頭看她，淚光閃閃，輕問：「喪女之仇，如何不報？」

上官明月感受他目光中的悲苦，心中挖不出任何勸說言語。她點了點頭，說道：「喪女之仇，如何不報？煩請帳爺備兩匹馬，我隨了緣居士去，也好途中照應。」

孫了緣站起身來，走向門口，邊走邊說：「上官姑娘是要幫我，還是阻我？」

上官明月訝異：「居士爲何有此一問？我自然是幫你。」

孫了緣語氣氣憤：「莊森把塵兒託付給趙言嵐，足見對他信任有加，結果卻害死塵兒。你們玄日宗見識不明，所託非人，我該如何信任你們？」

上官明月辯道：「趙師弟行俠仗義，聲名遠播。沒人料到他會做這種事。況且，孫姑娘是不是他殺的，此事尚未查明……」

孫了緣喝問：「妳如此爲他狡辯，還說幫我？妳說趙言嵐行俠仗義，我便問妳，三年前玄日宗門戶生變，卓文君讓人拉下掌門，還放消息說他死了。如此大逆不道，欺師滅祖之事，趙言嵐有無參與？」

上官明月支支吾吾：「當時我不在總壇……」

「廢話！」孫了緣大吼。「他若沒有參與，何必跟崔望雪脫離師門，自立門戶？老夫雖不管江湖之事，但也不是傻子！此人狼子野心，從來不甘寂寞。他接近我女兒，難道不是爲了探知八陣圖的下落？」

上官明月心裡有氣，想說誰稀罕你的八陣圖？但念在孫了緣喪女心痛，便不再辯說，只道：「居士不信趙言嵐，也好信我吧？我上官明月號稱金州菩薩，拯救長安焚城，那可不是假的。我說幫你，便是幫你，絕無他意。」

孫了緣深吸口氣，似在考慮，隨即說道：「女俠高義，在下心領。喪女之仇，不敢假手他人。還請女俠不要跟來。」說完往外便走。

上官明月搶到門口，急道：「居士，趙言嵐武功很高，你去只是送死！」

孫了緣毫不停步。「對付武林高手，未必要靠功夫。」

帳爺急著拉住上官明月，小聲道：「上官姑娘，建造桃花源非靠孫了緣不可，還請姑娘護他周全！」

上官明月點頭，跟帳爺追了出去。來到外院，不見孫了緣蹤影。他們奔出大門，卻見街道漆黑，濃霧密布，數丈外的景象便已瞧不清楚。帳爺正要問：「好端端的怎麼起霧了？」卻撲通一聲，摔倒在地。上官明月扶他起身，突感頭暈目眩，呼吸不順，連忙拉住帳爺，說道：「別動，是迷魂陣！」

帳爺瞪大眼睛：「什麼？他哪有時間布陣？」

上官明月依照莊森傳授的運氣法門，氣衝雙眼，驅退幻象，只見大門外地上多了七塊小圓石。她上前踢開圓石，迷魂陣登時破了。帳爺彷彿突然間走出濃霧，四周景象清晰起來。他驚魂暫定，心生讚歎，說道：「神奇呀！桃花源眞有譜啊！」跟著轉向上官明月：「事不宜遲，咱們快去追他。」

上官明月搖頭：「他不要我們幫忙，追到也還是會跑。」

帳爺急：「萬一他讓趙言嵐殺了怎麼辦？」

「我反而擔心他二話不說殺了趙師弟。此人道法高深，乃是方士界的絕頂高手。若給他充裕時間布陣，任憑你武功再高也不是對手。」上官明月皺眉思索，片刻後道：「請帳爺備馬，我下山北行，若能尋到了緣居士，自然甚好。不然，我也得去通知大師兄。」

兩人垂頭喪氣，往山腳驛站走去。

第十一章　玉面華佗

梁州與巴州交界處有座小鎮，喚作巴梁鎮。鎮上有間客棧，取名梁巴客棧。有人問過掌櫃，說你在巴梁鎮上開客棧，爲何不叫巴梁客棧，要叫梁巴客棧？掌櫃說我嫌巴梁難聽，叫梁巴好聽些。鎮民不以爲然。

天還沒黑，梁王府群豪便租下梁巴客棧三間天字號房過夜。只因巴梁鎮以北三十里內再無村鎮，而他們不敢露宿野外。黃昏時分，一行人聚集在三房中央的天字二號房議事。就看那寒刀眞人往桌上攤開一綑厚布，露出大刀小刀十餘把兵刃。他往桌上一比，道：「大家兵器不離身，上茅廁也得帶著。有要備用的，來跟我拿。」

猛頭陀眼睛一亮：「寒刀兄，你也帶太多刀了吧？」

寒刀眞人神色驕傲：「打刀是我的興趣。各位如果在路上撿到天外玄鐵之類的寶貝，記得拿來打把好兵器。」說著自厚布中拔出一把短刀，刀柄上有鐵環，遞給猛頭陀。「頭陀兄，這把虎環刀削鐵如泥，你換上看看趁不趁手。」

猛頭陀接過短刀，取下掛在腰間的鎖鏈刀，提在眼前比對。「果然鋒利，寒氣逼人，眞是好刀啊！你給我用？」見寒刀眞人點頭，他笑著起身道：「我去裝起來瞧瞧。」說完回自己房間，取工具拆刀換刀。

寒刀眞人大聲道：「各位兄弟，我這些刀都比一般鋼刀鋒利。大家挑把順手的拿去用吧！」

三名年輕食客一聽，立刻上前挑刀。他們功夫普通，手頭也不寬裕，隨身佩刀都是便宜貨，聽說有免費寶刀可撿，自然不會客氣。

梁龍虎的靈蛇劍本是寶劍，當然不會去貪他寶刀，問他：「寒刀道長，這麼大方？寶刀免費送人啊？」

寒刀眞人一派豪邁：「若仗兵器之利便能保命，就算把我自己這把寒月刀送人，也是無妨。」

范濤靠臥在床，冷眼旁觀，語氣風涼：「保命不容易呀。」

這話刺耳，卻是事實。梁龍虎與寒刀眞人瞪他一眼，同時搖頭嘆氣。梁龍虎說：「想不到咱們爲國爲民爲蒼生，最後淪落到這個地步。」

寒刀眞人輕哼一聲：「原來梁兄是爲國爲民爲蒼生呀。」

梁龍虎不悅：「你這話什麼意思？」

寒刀眞人直言：「就叫你好好照王爺吩咐，把趙言嵐一併帶走便是。你偏偏妄想要殺他。這下被人逼得抱頭鼠竄，你還好意思說是爲國爲民爲蒼生？」

梁龍虎大聲道：「那姓趙的囂張跋扈，難道你要在他底下辦事？」

寒刀眞人搖頭：「大家都是爲王爺辦事，爭誰是首席究竟有何意義？」

「你……唉……」梁龍虎無奈嘆氣。「當初大家都是爲了助王爺一統天下，結束亂世，這才加入王府。十年過去，中原依然群雄割據。王爺年紀大了，安逸慣了，整天只想著要殺皇上，登基稱帝。這亂世……眼看是不會在王爺手中結束了。王爺尚且如此，我不爭這個，又還能圖些什麼？」

寒刀眞人說：「做人不懂得安守本分，就是自尋死路。」

「那你又爲何隨我起舞？」

寒刀眞人也嘆：「我也不守本分。當初我開刀鋪，生意興隆。宣武軍來了，搶我的刀。河東軍來了，也搶我的刀。我沒想過什麼拯救蒼生。我加入王府，只是爲了有朝一日能好好賣刀罷了。」

梁龍虎拍他肩膀：「想要好好賣刀，好好過日子，確實不容易呀。」

「最無辜就是唐兄弟了！」寒刀眞人感慨。「他在王府多年，始終堅信他是爲了百姓而戰，爲天下謀福利。這次要不是爲了配合陣法，我眞不想找他來參與這等奪權鬥爭。一個好人就這麼死了。王府裡還剩多少好人吶？」

范濤冷笑一聲，說話刺耳：「好人怎麼救天下？」

寒刀眞人怒道：「救天下必須是好人！」

梁龍虎不想引起無謂紛爭，一把拉住寒刀眞人。他見一名年輕食客挑好寶刀，在門口試耍，便問：「王兄弟，你當初爲何加入王府？」

「我啊？」姓王的食客停止耍刀，回道：「我喜歡上對門林姑娘。她加入王府，我就跟著來囉。」

梁龍虎豎起大拇指：「原來是爲了姑娘！眞漢子！性情中人！」

寒刀眞人也忍不住道：「好實際！好理由！我眞希望我也是爲了姑娘在此蹉跎！總比如今不著邊際好多了！」

眾人正笑著，突然轟然巨響，左側牆面凸起一大片，站在牆邊的年輕食客當場被撞得摔在地上。眾人不知所措，聽見隔壁傳來打鬥聲，梁龍虎臉色一變，大叫：「趙言嵐來了！抄傢伙！」

所有人手忙腳亂，抄起兵器衝出房門。梁龍虎沒走兩步，隔壁房靠走廊的窗戶爆裂，猛頭陀的鎖鏈刀竄出走廊。梁王府眾人有的跳開，有的撲倒，當場在走廊上摔成一團。那姓王的年輕人貼在窗下的牆邊，眼看鎖鏈刀自頭上縮回房內，嚇得連剛到手的寶刀都掉了。他拾起刀，才剛爬起，身前的紙窗唰地染紅，還有血滴破窗而出，灑到他臉上。王食客嚇呆了，雙腳痠軟，摔在地上，再也爬不起來。

梁龍虎一個猴子打滾，翻到隔壁房門外，長劍直出，破門而入。房間中央，猛頭陀鎖鏈繞頸，刀頭插胸，高懸在房梁上。房後人影一閃，只見趙言嵐飛身而起，破瓦出屋。寒刀眞人搶入房中，跳上桌子，扛起猛頭陀。

「追！大家快追！」梁龍虎踮步上牆，一手搆上趙言嵐撞穿的瓦洞，吊在空中。他低頭一看，沒人跟來，連忙放手落回房內。「爲什麼不追？」他喝問。

寒刀眞人寶刀一揮，砍斷鎖鏈，抱猛頭陀躺在桌上。他瞧著猛頭陀撐大的雙眼，頭也不抬問道：「追去找死嗎？」

摔在走廊上的王姓食客透過撞爛的門看見破爛家具、牆壁濺血，突然發狂似地爬起身來，大叫：「我不玩啦！我要退出王府！各位大哥，有緣再見！」說完拔腿就跑。另外兩名年輕食客對看一眼，丟下寶刀跟著跑了。

梁龍虎大喊：「喂！那林姑娘怎麼辦？」

王食客在樓下吼道：「玩過啦！不枉啦！」

梁龍虎與寒刀眞人面面相覷。片刻過後，寒刀眞人緩緩豎起拇指，讚道：「這姓王的，眞男人。知道自己要什麼，努力達到目的，毫不留戀離開。這人活得比我們兩個老屁股高明多了！」

梁龍虎說：「你別忙著佩服他！這下咱們怎麼辦？」

寒刀眞人皺眉：「怎麼辦？報官嗎？」

梁龍虎大搖頭：「報官？我們還怎麼在王府混呀？」

寒刀眞人問：「那不然呢？坐以待斃？」

梁王府努力回想：「附近有沒有我們的人？這裡有宣武軍辦事衙門嗎？」

寒刀眞人說：「天下這麼大，我哪記得哪裡有呀？」

范濤突然探頭進房，嘖嘖說道：「哎呀！厲害呀。」

梁龍虎火大，指著他的鼻子罵道：「都是你！沒事發明什麼黑火藥？搞成這副德性！」

范濤揚眉：「咦？遷怒啊？」

「我就遷怒！」梁龍虎拔劍撲上。曲劍柔軟，化身九頭靈蛇，自四面八方刺向范濤。范濤一把扯下木門，橫著揮向梁龍虎。梁龍虎連忙變招，轉刺爲砍，將木門砍成碎片。范濤大腳一踹，梁龍虎胸口中腳，飛身而起，摔在床上。

范濤搖頭道：「你們這樣不行呀。還是找高手幫忙吧。不知附近哪裡有武林高手？」

寒刀眞人忙道：「原來范先生就是大高手！失敬失敬！請范先生救命。」

范濤說：「不救。」

梁龍虎爬起來：「你他媽玩我呀？」

范濤哈哈大笑：「兩位知道我爲何加盟梁王府？因爲我一輩子的心血都讓莊森那小子挑了。五十歲的人了，從頭來過太辛苦，不如寄人籬下，吃好穿好。黎民蒼生什麼的，我從未放在心上過，正如兩位不曾放在心上過，就像梁王不曾放在心上過。況且我雖然武藝高強，也未必是趙言嵐的對手，犯得著爲兩位出頭嗎？」說完晃回隔壁房。

寒刀眞人與梁龍虎對看一眼，異口同聲道：「找個地方避風頭。」

□

三人收拾行囊，留下猛頭陀的屍首，下樓結帳。梁龍虎連門窗家具、屋頂修繕費用一併結清，向掌櫃的打聽鎮外有無地方好避風頭。他們一走，掌櫃的立刻派夥計去報官。縣令聽說是梁王府的人鬧事，還有江湖鬥毆，打死了人，當機立斷，天亮再說。縣令是聰明人，不敢招惹梁王府，亦不願招惹敢惹梁王府的人，是以先等他們走遠，再派捕快查案。

莊森與血如冰於當日晚間戌時抵達巴梁鎮，尋到鎮上唯一的梁巴客棧。掌櫃愁眉苦臉，堅決不做生意。莊森問起緣由，連忙出錢要求察看命案現場。掌櫃心想反正官府沒來，他也不能收屍。有人付錢想看屍體，那就給他看吧。這年頭，什麼嗜好都有。

莊森與血如冰上樓，來到天字一號房，察看殘破的家具、慘死的屍首、屋梁垂下的斷鏈、屋頂的大洞。

莊森看著猛頭陀的屍體，說道：「又死一個。他們還剩幾個人？」

血如冰說：「高手只剩兩個。使劍和使刀的。剩下的是庸才，不足為患。」

莊森轉向門口：「門外丟了幾把刀。庸才八成已經跑了。將近十人出門辦事，死到剩下兩個人。是妳會怎麼辦？」

血如冰晃到窗口，就著鎖鏈刀打出的洞往外看：「找幫手？」

莊森點頭：「或躲起來。以趙師弟的武功，要把剩下的兩名高手一併解決也不困難。他沒有直接動手，要嘛是忌憚范濤相助，不然就是要折磨他們。梁龍虎和寒刀眞人此刻定然嚇得厲害。倘若找不到幫手，只好找地方躲藏。」

「有人幫得了他們嗎？」

莊森思索：「對頭是趙師弟，武林中人不會蹚渾水，他們只能找宣武軍自己人幫忙。最近的宣武軍辦事衙門在巴州，他們八成就是從那裡來的。巴州太遠，救不了急。他們多半是就近找地方避風頭。走吧，我們下樓問問。」

兩人離開客房，轉向朝樓下走去。路過天字五號房時，房門突然開啓，門後之人喚道：「森兒。」

莊森頭皮發麻，神情認命，轉過身來，恭敬道：「四師伯。」

「進來說話。」

門後之人容顏嬌艷，肌膚白嫩，乃是二十年前號稱江湖第一美女的「玉面華佗」崔望雪。玄日七俠中排行第四，前任武林盟主趙遠志之妻，趙言嵐之母，青囊山莊莊主。醫術天下第一，懸壺濟世，救人無數。即使年過五十，看起來也不比血如冰大上幾歲。崔望雪喚了莊森，轉身走向桌後，盈盈坐下。血如冰看得痴了，難以相信此人會是莊森師伯，趙言嵐的母親。她朝莊森比手畫腳。莊森揮手要她安靜，步入房中。

莊森右手吊掛不便，僅鞠躬行禮道：「弟子莊森拜見四師伯。」

崔望雪翻開兩只茶杯，提起桌上茶壺為兩人倒茶，說道：「我已不在師門，無需如此多禮。坐。」

莊森隔桌坐下。血如冰神色戒備，站在他身後。

崔望雪輕輕將茶杯放到兩人面前。「兩位請用茶。」

莊森戰戰兢兢，接下茶杯，說道：「四師伯這麼巧，走著走著就遇到了。」

崔望雪直言道：「我專程在此等你。」

莊森問：「不知師伯等我何事？」

崔望雪微笑：「你明知故問了。」

莊森點頭：「師伯神通廣大。事發不過兩日，妳就已經趕來了。」

崔望雪道：「兒女之事，最是要緊。森兒，你難道不能不管此事嗎？」

血如冰忍耐不住，大聲道：「當然要管！莊大俠是大英雄，一定會管的！」

崔望雪冷眼看她，轉向莊森問：「這位是？」

莊森說：「這位血姑娘親眼目睹趙師弟殺害鄭瑤。其後為了滅口人證，殺害刀客七里香，並以嶺南大白蠱脅迫血姑娘，違背本願逼姦。師伯是要我別管這些嗎？」

崔望雪吃驚：「嵐兒殺了鄭瑤？還逼姦姑娘？」

莊森問：「師伯不知？」

崔望雪搖頭：「不會的！嵐兒持重懂事，不會這樣……」

血如冰怒道：「崔女俠是說我說謊了？」

崔望雪側眼瞪視血如冰：「我又不認識妳，哪裡知道妳是不是信口誣賴？」

「妳！」

莊森啪地一聲彈響手指，吸引崔望雪目光。「師伯請看著我說話。莫要檢討受害者。」

崔望雪看回莊森。

莊森問：「師伯究竟要我別管何事？」

崔望雪答：「孫姑娘的事。」

莊森搖頭：「我把孫姑娘交給趙師弟，結果害她死於非命。妳要我如何不管？」

崔望雪插嘴道：「孫姑娘一定不是嵐兒……」

「師伯！」莊森語氣重了。「屍首裹在棉被裡，塞在趙師弟床下，有門有鎖，只有趙師弟進出。妳說人不是他殺的？」

崔望雪神色懇求：「森兒……我已經死了丈夫，不能再失去兒子！」

血如冰聽不下去，又怕莊森心軟，脫口道：「崔女俠名滿天下，想不到竟是護短之人！趙言嵐殺了孫姑娘，又想要來殺我！誰知道他之前還殺過多少女人？」

崔望雪斜眼瞪她，神色不善。她問莊森：「森兒，如果不是這個女人跟著，你會堅持要管此事嗎？」

莊森語氣訝異：「鄭瑤死了呀！孫紅塵死了呀！他若不是師伯兒子，師伯會叫我別管嗎？」

崔望雪答不出來。她欲言又止，最後問道：「鄭瑤是怎麼死的？」

「胸口中掌，還一劍穿心。」

崔望雪看向血如冰，問：「姑娘親眼所見，是我兒子下的手？」

血如冰說：「若非如此，他何必挾持我，還逼我服蠱毒？」

「這麼說是眞的了。」崔望雪微微低頭，似是沉思。她眼望莊森右手吊帶，問道：「森兒，你的手傷得嚴重嗎？」

莊森張口欲答，隨即神情警覺，說道：「師伯，我還有一隻手。」

「唉……」崔望雪側頭瞧他，輕聲說道：「師伯對不起你。」她雙手放在桌下，右手腕帶中彈出金針，捏在手裡，不動聲色地朝莊森彈去。

就聽「嗤」地一聲，金針破桌而出，竄向莊森人中。莊森左手揚起，食指拇指夾住金針。他難以置信地看著金針，瞪大眼睛望向崔望雪。

崔望雪左右手各捏一枚金針，同時彈出，穿桌而上。莊森動作飛快，以手中金針擊落兩針。崔望雪不再彈針，雙手各持一枚金針，插向莊森。兩人針鋒相對，隔桌交手數招。崔望雪的金針乃針灸用針，長三寸，捏在手裡突出扎人的針頭極短，面對面近身出招，根本連針在哪裡都瞧不清楚。

血如冰只見兩人三手在桌面上來回甩動，耳聞細微叮叮聲響，也不知道他們在打些什麼。昨日旁觀趙言嵐對戰梁王府高手，雖然也是看不出門道，起碼雙方攻守招式都算清楚。眼前這兩名絕頂高手過招，各以短到幾乎看不見的兵器交擊，血如冰瞪大眼睛看著，看不出誰攻誰守，不知誰佔上風。

莊森從未練過金針對敵的功夫，加上單手過招，還是左手，打起來戰戰兢兢，險象環生。若非當年崔望雪傷在李命的玄陽掌下，五臟俱焚，功力大打折扣，只怕一上來就給針扎了。他一面格擋金針，一面吸氣辨味，沒有聞到花香，知道不是見血封喉的百花針。他心想：「師伯顧念舊情，料她也不會對我施展百花針。但此針隱約透露辛辣氣味，多半餵有猛烈麻藥。可得小心，千萬別給扎到了。」

崔望雪突然起身，右掌一轉，刺向血如冰。莊森手忙腳亂，跳起身來招架。崔望雪左手金針插向莊森右側，逼他回針自救。莊森深怕血如冰讓她一針扎死，堅持擋下攻向她的針。他不顧右手燒傷，奮力使勁，拉扯吊巾，綳緊布料，岔開崔望雪插來的針。他喝道：「師伯！血姑娘無辜！」

崔望雪繼續攻擊血如冰。「我殺了人證，你便不需再管此案！」

「師伯快住手！」

崔望雪展開仙履幻步，化為兩道如天仙、似鬼魅的身影，分自左右飄向血如冰。血如冰大驚，嚇得動彈不得，只能任人宰割。莊森情急之下，運起十成功力，看準崔望雪真身所在，對準後頸一針扎了下去。

崔望雪神色一僵，軟癱跌向前方。莊森上前一把抱住，單手托著她回到床前，輕輕放倒床上。他服侍崔望雪躺好，拉開棉被幫她蓋上，跪在她面前道：「森兒不孝，冒犯師伯。請師伯先睡一覺。只盼明早起床，一切就結束了。」

崔望雪張口欲言，出不了聲。她神色求懇，眼角泛淚，終於支撐不住，閉上雙眼，人事不知。

莊森招呼血如冰一起出房，反身關上房門。血如冰驚魂稍定，問道：「你怎麼知道針上餵的是麻藥，不是毒藥？」

莊森答：「我猜的。」

「萬一猜錯呢？」

「那我可得償命了。」莊森右手劇痛，微微皺眉。「放心，我與師伯交情匪淺。她不會當眞動手殺我。」

血如冰心想：「但她當眞想要殺我。」見莊森神色痛楚，右手吊巾滲出濃血，知道他適才爲了救自己，弄壞了舊傷。她關切道：「莊大俠，你的手……」

莊森道：「得先整治一下才好。」他說著提步下樓，血如冰連忙跟上。

來到客棧大堂，店家已經收拾完畢，準備打烊。莊森取出一串銅錢，遞給掌櫃，說道：「掌櫃的，跟你買條乾淨布匹，包紮傷口用。」掌櫃收下銅錢，入後堂去拿布。莊森又對血如冰道：「血姑娘，我的馬鞍右前掛著一只藥袋，麻煩妳去拿來。」

血如冰連忙出門。

莊森拉開一張椅子坐下。掌櫃的拿了塊乾淨白布出來，幫莊森撕下幾塊布條，邊忙邊問道：「公子，怎麼你在樓上又打架了嗎？你是跟誰打架呀？」

莊森解開吊巾，開始繞下右手的髒布條。「掌櫃請放心，我家長輩教訓我呢。」

「怎麼樓上有公子家裡的長輩？」

莊森點頭：「天字五號房的趙夫人。」

掌櫃大驚：「啊？嬌滴滴的大美人呀！你沒把人給打死吧？」

莊森忙道：「說了是我家長輩了，怎麼會打死她呢？你別瞎起鬨，趙夫人睡了，天亮就會起床。你別去吵人家。」

血如冰提著藥袋回到大堂，一看莊森解開右手布條，整條右臂自手腕到肩膀皮開肉綻，血肉模糊，也不知道傷得有多重。她驚道：「莊大俠，你的手怎麼傷成這樣？」

莊森左手接下藥袋，放在桌上翻找藥盒。「范濤的黑火藥呀，厲害吧？幸好我皮粗肉厚閃得快，不然別說這條手臂保不住，再慢片刻就粉身碎骨了。」

莊森自藥袋中拿出一個藥盒，單手不好開蓋，血如冰接過去幫他打開。一股熟悉的藥味入鼻，聞出是趙言嵐用過的金創藥。她請掌櫃打盆清水過來，拿布幫莊森擦拭傷口外的膿血及之前的藥膏，接著重新幫他抹藥，邊抹邊說：「范濤對趙言嵐說過：『梁王得了黑火藥，死的人可多了。閣下不會良心不安嗎？』我當時聽了不放在心上，想不到這黑火藥竟如此厲害。」

莊森一邊忍痛，一邊說道：「是呀。不但要追趙師弟，還得把范濤也追回來。黑火藥若被用於戰陣之上，不知道會死多少人。」

血如冰聞著熟悉藥味，想起洞窟中幫趙言嵐抹藥。莊趙二人說是師兄弟，但一個是衣冠禽獸，一個是憂國憂民的大英雄。自己在短短數日之內幫這兩個天差地遠的男人擦藥，也不知道算運氣好還是不好。她說：「趙言嵐說你莊大俠做過的好事也不比他多。你名聲好是因爲沒人會說你依憑父貴。」

「趙師弟從小就在期待與壓力中成長。」莊森點頭道。「他是武林盟主之子，所有人都對他懷抱期望。他練功比師兄弟都勤，而且刻苦耐勞，從不言累，只因不願讓他爹丟臉。」

血如冰心想：「如此說來，他對我吐露的心事倒不是假的。」她遲疑片刻，又問：「他從前眞的是好人嗎？」

莊森說：「我曾隨師父遊歷西域十年。回到中原之後，他已長大成人。這十年間，出過什麼事，我並不清楚。但我願意相信他是好人。不然，我也不會放心孫姑娘與他同行。」

血如冰輕哼一聲：「我想人在開始做壞事前都是好人。」

「是呀……」莊森微微發愣，回想當年總壇奪權，趙言嵐暗算卓文君之事。倘若莊森認定他不會痛改前非，不給他機會改過自新，孫紅塵或許就不會死。但人生在世，孰能無過？如果大家都不給別人改過自新的機會，人要如何變得更好？

可惜不管怎麼說，莊森都擺脫不了孫紅塵是自己害死的想法。只因爲他相信趙言嵐是好人。

血如冰抹好了藥，拿起布條包紮手臂。她問：「莊大俠，你會不會擔心有朝一日，一步踏錯，你也不再是好人了？」

莊森苦笑：「今日之事，不管最後殺或不殺趙師弟，我都會懷疑自己是否做錯，還能不能算好人。江湖上這種事很多，我每天都不知道所做決定是否正確，只能憑藉良心作事。好人什麼的，我已不強求。」

血如冰纏完一條白布，又拿另一條繼續纏。她說：「人家說『發生在無道仙寨的事，都留在無道仙寨。』我本以爲這是外地人跑來無道仙寨幹壞事的藉口，後來才發現，這實在是我們本地人安慰自己的說辭。我們在仙寨裡淨幹一些違背良心的事，期待有朝一日，離開仙寨，就能拋下過去，重新做人。」她停止包紮，看著莊森：「血揹客在無道仙寨是壞人，離開欲峰山的血如冰卻是好人……天底下有這麼簡單的事嗎？我期待這種說法在我身上成眞，但卻不願原諒趙言嵐在無道仙寨對我做的事。如此雙重標準，如何說得通？」

莊森問：「妳想原諒他嗎？」

「我怎麼能原諒他？」血如冰搖頭。「但或許他說得沒錯。倘若我們是在仙寨外相遇，一切可能大不相同。」

莊森問：「倘若妳沒發現孫姑娘的屍首，是不是就跟他走了？」

血如冰答不出來。

「倘若這樣，那便那樣。講這些無濟於事的。」莊森待她綁好布結，拿剩下的白布打成吊巾，固定右手。「等找到他後，再做打算吧。」

血如冰冷冷說道：「我還是想殺了他。」

「我懂。」莊森說著朝掌櫃的招手。「掌櫃，打聽打聽。你可知梁王府剩下的人，上哪兒去了？」

掌櫃回答：「公子說笑了。這我哪會知道？」

莊森又取出一串銅錢，放在桌上。「是我問錯了。梁王府的人可有跟你打聽這附近哪裡好避風頭？」

「有啊！」掌櫃見錢眼開，走過去收起銅錢。「鎮北三里外左轉山道有間破廟，是附近獵戶打獵休息場所。裡面弓箭器具齊全，附近也有不少適合架設陷阱的地方。那幾位大爺讓人逼得急了，多半會在那裡背水一戰。」

第十二章　林中破廟

巴梁鎮北山林間，子時，夜黑風高。趙言嵐當晚殺了猛頭陀後，便在鎮上暗處等待，隨後跟蹤梁龍虎等三人出鎮，親眼見他們轉入山道。他在入林處附近找棵大樹，靠著休息，拿日間購買的包子出來吃。他原打算一日只殺一人，讓梁龍虎擔心受怕，多折磨他幾日，以解心頭之恨。但如此跟蹤行事，不好投宿用餐，自己也飽受折騰。梁巴客棧一役，梁王府幾名夥計丟下范濤跑了，便只剩下梁龍虎及寒刀眞人兩人。他想想怪沒意思，決定當晚解決此事。

趙言嵐吃完包子，打坐調息片刻，起身，入林尋找獵物。梁龍虎二人不會束手待斃，多半已找好地方埋伏他，不過他藝高膽大，依然沿著林間小徑大步行走。倘若范濤爲弒兄之事對他懷恨在心，決意跟梁王府之人聯手對付他，事情或許會很棘手，但他認爲不太可能。范濤若要幫手，大可以在梁巴客棧出手，趁著人多，勝算也大。范濤同意加盟王府，求的是功名富貴，如今形勢明朗，與趙言嵐爲敵對他沒有好處。

林影之間依稀可見一座破廟。趙言嵐斜嘴冷笑，心知來到決戰場所。他腳下一絆，勾到細索，破風聲起，一把長槍自暗處飛來。趙言嵐聽音辨位，一腳踢飛長槍，笑道：「拿這麼過時的陷阱對付我？你們也太小看……」

突然腳底一沉，地面坍落一個大坑。他狼狽失足，差點摔進坑裡，連忙手腳並用，連滾帶爬地翻回地上。匆忙之間，長劍扯脫，落在坑裡。他驚魂稍定，站在坑旁定睛一看，只見坑底插滿明晃晃的尖刀。正想撿石頭擊倒尖刀，跳入坑中撿劍，突然間破風聲起，羽箭來襲。趙言嵐移行換位，連閃兩箭，左腳踏入地上套索。他感到腳踝一緊，心知不妙，連忙伸手拔劍，才想到劍已落入坑中。套索扯緊，趙言嵐側身翻倒，頭下腳上，倒吊半空。

梁龍虎及寒刀眞人分自兩側藏身處走出。梁龍虎哈哈大笑，說道：「想不到你趙言嵐一世英名，還是栽在這麼過時的陷阱下。」

寒刀眞人也說：「趙公子殺得過癮，可沒想到會落在我們手中？」

趙言嵐右腳纏繞繩索，使勁一分，繩索在其雙腳神力之下扯斷。他翻身落地，冷冷瞪視兩人。梁龍虎及寒刀眞人嚇僵了，站在原地害怕。趙言嵐瞪了片刻，緩緩上前一步。

寒刀眞人結巴道：「公……公子饒命？」

趙言嵐搖頭：「不太想。」

正得意間，後頸寒毛豎起，趙言嵐背心中掌，吐血前撲。他臨危不亂，回掌護身，著地滾過梁龍虎及寒刀眞人之間，左手捂胸，右手平舉身前，拉開架式，伏低身形，面對眼前三人。

范濤站在梁寒二人之後，笑盈盈地看著趙言嵐。

趙言嵐收回右手，手背擦拭嘴角鮮血，冷冷問道：「范兄，你幫他們？」

范濤點頭笑道：「趙兄弟，梁王要我的黑火藥打仗，定會重用我。倘若王府中盡是他們這等貨色，首席食客之位還不落入我手中？但你若跟來，那就不行了。」

趙言嵐嘆氣：「我道你是要爲兄報仇，原來只是精心盤算。你人還沒到王府，已經開始爭權奪利了？」

范濤攤手：「你不也一樣？」

「眞是報應！」趙言嵐說。「且看報在誰頭上！」

趙言嵐暴起發難，四人展開混戰。梁龍虎的劍法及寒刀眞人的刀法，在趙言嵐眼中已不足爲懼，然而那靈蛇劍和寒月刀都是神兵利器，他手無寸鐵，不敢托大，必須費神閃躲。范濤掌法陰柔，盡是借力使力的打法，牽動趙言嵐的武功招式。然則他的內功與玄日宗轉勁訣系出同源，而他的轉勁訣比趙言嵐還差上一層，對其招式上的影響微乎其微。要不是忌憚旁邊兩把利刃，趙言嵐根本不需刻意應對。他雙掌滋滋作響，掌風炙烈，以至剛至陽的玄陽掌朝三人身上招呼，大部分攻勢集中在武功最強的范濤身上。

范濤功力略遜於趙言嵐，不過適才偷襲得手，趙言嵐受了內傷，加上兩名幫手，這才鬥個旗鼓相當。他擅長詭譎多變的晨星劍法，此刻以指作劍，以極快的招式和巧妙的方位點向趙言嵐。趙言嵐初會晨星劍法，一開始手忙腳亂，差點中指，但他臨敵經驗遠比范濤豐富，數招過後，已有計較，採以簡馭繁的打法，將玄陽掌提升到剛猛霸道的層次，逼得范濤反攻為守，出招處處受制。

梁龍虎和寒刀眞人看準趙言嵐全力壓制范濤的時機，同時施展絕招，自左右攻向敵人。趙言嵐雙掌推向范濤，本擬一舉逼退他，然後趁機擊倒梁、寒二人，卻沒想到對方搶先發難。趙言嵐輕哼一聲，運轉內勁，收掌出掌，在手臂中劍、小腿中刀的同時擊斃梁龍虎及寒刀眞人。

就聽見「碰、碰！」兩聲，梁、寒二人分朝兩個方向飛出。趙言嵐刻意調整方位，讓梁龍虎撞向范濤，藉以阻擋對方攻勢。范濤雙掌貼上迎面而來的梁龍虎，初時運勁洩力，避免進一步震傷夥伴。但在接觸下發現對方筋骨軟癱，已然斃命，便即順手將他拋在地上。

范濤與趙言嵐相對而立，各自調息。范濤說：「趙兄弟出手狠辣，毫不容情。你那莊師兄雖然功夫比你高強，但殺氣遠不如你。嘖嘖，你自命正道中人，行事如此辣手，我看你就是個表裡不一的卑鄙小人。」

趙言嵐說：「別人怎麼對我，我就怎麼對人。以直報直，剛好而已。」

范濤大喝一聲，搶攻而上。趙言嵐右腳受傷，移動不便，站在原地見招拆招。范濤步伐怪異，身法詭譎，彷彿同時從四面八方攻來。趙言嵐始終以玄陽掌應對，不管對方從哪個方向進攻，總能一掌逼退。范濤久攻不下，心中逐漸急了。見趙言嵐左手及右腳上的傷口還在失血，決定孤注一擲。他一聲清嘯，正面迎上，雙掌推出，逼趙言嵐四掌相對，比拚內力。

趙言嵐手上腳上傷口讓對方內力震得狂噴鮮血。范濤冷笑：「趙兄弟，我就看你有多少血可以噴呀……」

四掌交貼處爆出悶響，范濤掌心手背開始冒煙。片刻過後，悶聲再響，焦煙自范濤手掌沿臂散布，全身都開始冉冉冒煙。范濤渾身軟癱，手臂低垂，雙膝彎曲，癱倒在地。

趙言嵐氣喘吁吁，神色疲憊，站在范濤面前，終於緩出手來點擊傷口附近穴道，抑止失血。他冷冷說道：「我震斷你的筋脈，廢了你的武功。你乖乖當個製火藥的食客，別來跟我爭首席。人啊，能力太強就會有非分之想。我可是在幫你打消無謂的念頭。」

范濤虛脫無力，連轉頭都辦不到。他嘴唇貼著土地，也不怕吃土，張嘴怒道：「你不如殺了我！」

趙言嵐撿起梁龍虎的靈蛇劍，蹲在范濤身前。「你說梁王得了黑火藥，死的人可多了。我想想也有道理。不然，就還是算了吧。」

他提劍抵住范濤胸口，正待一劍刺下，腳下地面突然坍塌，兩人同時直墜而下。趙言嵐擔心這陷阱跟之前那坑一樣插滿尖刀，匆忙間長劍下指，企圖抵住洞底，減緩下墜之勢。不料靈蛇劍劍身極軟，受力不足，還是讓他直接摔在地上。幸虧洞底無刀。趙言嵐滾向一旁，貼壁而立，正要提氣躍起，吸入坑中粉色塵土。趙言嵐眼前一黑，當場暈去。

□

話說莊森和血如冰把馬留在客棧，步行北出巴梁鎮，往林中破廟尋去。其時已近午夜，薄雲遮暗月光，路上一片漆黑。血如冰耐不住寧靜，便又開始找話說。

「你把你師伯扎昏，不怕師父怪罪嗎？」

莊森說：「四師伯離開師門，不會跟我師父告狀的。」

「哼，我看她也沒臉告狀。」血如冰嘟嘴道。「兒子幹出這種事，她還一味護短。這算什麼前輩高人？」

莊森幫師伯說話：「兒女之事，關心則亂。四師伯這輩子救過的人，比我多出不知多少倍。請血姑娘別再說這種話了。」

血如冰瞧他心煩，決定換個話題。「說真的，你們這些大俠平常都在幹些什麼？」

「路見不平，拔刀相助。」莊森答。「好比說，我走過樹林，聽見有姑娘叫：『你再這樣，我要叫囉！』然後有個壞蛋獰笑：『嘿嘿！妳就算叫破喉嚨，也不會有人來救妳的！』接著我就跳出來：『放開那個女孩！』壞蛋說：『小子，你少管閒事！』我一拳把他打飛，姑娘就靠過來：『大俠救命之恩，難以回報，小女子願以身相許！』我當場把她推開，說：『此乃份所應為。姑娘請自重。』」

血如冰神色懷疑，揚眉問道：「眞發生過這種事嗎？」

莊森笑道：「我想像有這種事嘛！當初想當大俠，還不是想出來的？我看姑娘心情欠佳，跟妳說笑呢。」

血如冰陪笑兩聲，又問：「我說眞的，大俠都在忙什麼？」

「哪裡有事，哪裡忙呀。好比說鄭瑤……」莊森想起鄭瑤，臉色微沉：「當初他在金州城郊偵辦孩童失蹤案，了無頭緒，便寫信向師門求助。我剛好在附近，就去幫他辦了。」

血如冰眼睛一亮：「你們救了孩童？」

莊森搖頭：「沒趕上。但我們抓到禍首，確保不會再有孩童遇害。」

血如冰微感失望道：「所以你都在管這些民間小案？」

「喔，妳要聽大案子呀？」莊森說。「半年前梁王姪子打馬球摔死。梁王一怒之下，發兵七萬圍長安，要皇上交出宰相負責。那馬球案也是大理寺托我代辦的。」

血如冰愣住：「突然變這麼大案子？」

「妳要聽大案子嘛。」

血如冰皺眉：「但最後宰相還是讓梁王殺了呀？」

莊森兩手一攤道：「那我也沒辦法呀。忙了半天，事情眞的是他幹的，又能怪誰？」

血如冰張嘴結舌，瞧他片刻，然後說：「原來莊大俠眞是大俠。我老認爲你們這些大俠高高在上，不識民間疾苦，說來也是我小心眼了。」

莊森緩緩搖頭：「不了解的事，不認識的人，不要先入爲主。偏見是許多麻煩的源頭。」

血如冰說：「偏偏我遇上的俠士都是趙言嵐這種人。說一套，做一套。我……從來沒人讓我那麼害怕過。」

莊森嘆氣：「趙師弟俠名遠播。爲何如此做事，令人難以費解。」

血如冰側頭看他：「妳該不會想說他殺孫姑娘和鄭瑤是有苦衷吧？」

莊森直視她雙眼。「總要弄清楚原因。他若用心險惡，胡亂殺人，我不會放過他。」

□

破廟之中，大堂清空，只有一張破爛神桌，供著面目全非的神像。地上升了一大叢火，架好木架，似是要烤大型野味。兩名獵戶打扮的男人在火堆旁添柴搧風，火勢越來越大。

趙言嵐和范濤遭人以鎖鏈綑綁，背對背鎖在地上，難以翻身，雙手都讓鐵銬固定在地。趙言嵐悠悠醒轉，發現自己動彈不得，連忙開始掙扎。他一動，背後立刻傳來鎖鏈交擊聲，范濤破口大罵：「趙言嵐！有種一劍殺了老子！如此折磨人不是好漢！」

趙言嵐雙手鎖在地上，難以施力。他拉扯幾下，毫無作用。

范濤還在大喊：「趙言嵐！趙言嵐！」

一名獵人走到趙言嵐和范濤中間蹲下，朝范濤的臉狠狠捶了一拳。「閉嘴！」

范濤乍聞生人人聲，不知怎麼回事，心中慌亂，便即閉嘴。那獵人摸摸范濤手臂，跟著又轉身捏捏趙言嵐臉頰，搓他肩膀。趙言嵐側身躺臥，瞧不見身後景象，給人摸得雙眼圓睜，冷汗直流。

那獵人說：「這隻肌肉緊實，彈性十足。那隻上了年紀，肉都鬆了。」
火堆旁的獵人道：「肉鬆有油脂，口感較佳。」
身後獵人說：「這隻瘦而不乾，必然美味。」
范濤聽不下去：「喂？喂喂，人怎麼論隻呀？」
身後獵人哈哈大笑：「你還算人嗎？你是隻豬。」
范濤怒道：「識相的快放了老子。我們都是武林高手，要殺你們易如反掌！」
獵人反手甩他一巴掌。「豬不要吵。」他拔出腰間獵刀，拉開范濤衣襟，露出肩膀，伸出獵刀。
范濤見他拿刀在自己肩頭比畫，忍不住怕了起來。他說：「喂喂，你幹什麼？有話好說。喂，用說的嘛！幹嘛動手？喂！」
獵人一刀割下范濤一塊肩頭肉。范濤硬氣，咬牙悶哼，但聽起來很痛。趙言嵐什麼都瞧不見，只能聽音猜測身後發生了什麼事。他越聽越害怕。
那獵人將肩頭肉丟給火堆旁的獵人，隨即轉身拉下趙言嵐的衣襟，貼平刀面在他肩膀上磨蹭。
趙言嵐冷汗直流，問道：「閣下何人？囚禁我倆，有何企圖？」

那獵人語氣吃驚：「啊？我企圖這麼明顯，你看不出來嗎？」說著一刀下去，割了他一塊肉。他又把肉拋給火堆旁的獵人，笑道：「老李，烤來嚐嚐，且看哪一隻好吃。」

老李流口水：「哇，老王呀，你聽這滋滋滋的，聞起來香呀！」

范濤戰戰兢兢，問道：「兩位……兩位兄弟，你們當眞吃……吃人嗎？」

「吃呀。你以爲是嚇唬你呀？」老王語氣誠懇。「不是嚇唬你啦。我們認眞的。」

趙言嵐說：「我肉硬，沒什麼吃頭。你放開我，我去打野豬回來吃。」

老王搖頭：「野豬吃膩了。」

趙言嵐有點慌了：「那……那你想吃什麼，我都打給你呀！」

老王說：「膩了！都膩了！我要吃人。」

范濤講理：「不是，兄弟，你眞要吃人，外面躺了兩個已經死了的。先吃他們嘛！不要浪費了。新鮮的留著改天吃嘛！」

老王跟他解釋：「兩位有所不知。武功高手的肉才好吃。外面那兩個雜碎，隨隨便便就被幹掉，那入不了口啊。」

范濤忙道：「他們也是武林高手！我們只是更高而已。」

老王一本正經：「古老相傳，吃了武林高手的肉，能夠延年益壽，長生不老。」

范濤急了：「這是哪裡來的古老相傳啊？」

趙言嵐奮力轉頭，但還是看不見身後的獵人。他說：「大哥，你當我是玄奘法師嗎？我們學武之人，活到七十就很難得，哪有吃我們的肉能長生不老的事？」

老王不樂意了：「你是說我騙你？」

「不是……我是說……我……我是……」趙言嵐急到不知道該說什麼好。

范濤改變策略：「兄弟，你聽我說。我懂得黑火藥之術。火藥一爆炸，整間廟都能炸成碎片。你放了我，我教你！」

老王搖頭：「我們小老百姓，只關心下一餐吃什麼。你叫我去炸廟幹嘛？」

趙言嵐也誘之以利：「你放了我。我教你絕世武功！」

老王搖頭更大力。「我不要。學了絕世武功，會被人烤來吃，你當我白痴嗎？喂，老李，嚐起來如何？」

那邊老李說：「都不錯。很難決定先烤哪隻。」

老王拍拍趙言嵐的臉頰，笑著說：「你叫趙言嵐？我聽說過你。你俠名遠播，殺過不少壞蛋，是吧？」

趙言嵐問：「我殺過你的親朋好友？還是擋你財路，壞你生計？」

老王答：「唷？你以爲是私人恩怨？沒有啦，不是私人恩怨啦。你只是倒楣而已。這個世界上呀，倒楣的事太多啦。有的人倒楣就家破人亡。有的人倒楣就被烤來吃啦。」

趙言嵐實在無法理解：「爲什麼？到底爲什麼啦？」

老王解惑：「人爲刀俎，我爲魚肉。我們當魚肉太久了，想換換口味，當一次刀俎。趙大俠俠義爲懷，不會不成全我們吧？畢竟，這是一個人吃人的世界呀。」

趙言嵐嗓音顫抖：「人吃人不是這樣解的啦！」

老王笑：「你喜歡怎麼解都行。你們剛剛在外面幹的，不也就是人吃人的事嗎？」

趙言嵐運起功力，左手肌肉隆起，鐵銬釦環彎曲，鐵釘緩緩扯出地面。

老王神色訝異：「哇！趙大俠神力驚人。鐵銬都快給扯斷了！」

老李故作擔憂：「斷了可就麻煩了。」

老王拔出插在腰後的大菜刀。「是呀，可不能讓它斷了。」說完拿出明晃晃的菜刀在趙言嵐眼前比畫。

趙言嵐看著菜刀，轉向獵人老李，開始使盡吃奶的力氣扯動鎖鏈。

老李手起刀落。趙言嵐的左手齊腕而斷。

趙言嵐瞪眼片刻，看看手臂斷口，又看看地上的手掌。痛楚來襲，鮮血狂噴，他忍耐不住，放聲慘叫。他將左手斷口伸到還被鎖在地上的右手前，以右手食指點擊斷口周遭穴道，止血隱痛。他奮力拿衣袖在斷口後打結，然後伸到嘴前，咬著結耳，死命扯緊。一陣劇痛之下，趙言嵐當場暈去。

范濤看不見身後景象，不知道趙言嵐爲何鬼叫，聽他不再吭聲，急迫問道：「怎麼了？你們把他怎麼了？」

老王語氣讚歎：「我把他左掌給砍了下來。眞是高手呀。他自己點穴止血，還包紮好傷口才暈死過去。」

范濤連忙點頭：「對！他是高手高手高高手！你們烤他就對了！」

老王搖頭：「我不烤昏倒的人，叫起來沒勁兒。烤起來要有殺豬似的大叫，聽起來才過癮呀。既然他昏了，只好先烤你啦。」

范濤嚇得快哭了：「我……我功夫都被他廢了！筋脈俱斷，已經不是武林高手！

眞的！眞的啦！」

老王喜道：「那太好了。我最討厭就是吃肉的時候筋咬不斷，還塞牙縫。你筋脈俱斷，還有不吃的嗎？」

老李抄起一根熟銅棍，來到范濤面前，插入他手腳上的鐵環。老王取來鑰匙，打開固定他的鐵釦環。兩人一邊一個，挑起銅棍，把范濤扛起，剝光衣衫，如烤豬般架到火堆上。

范濤連聲討饒：「兩位……兩位……不要這樣……我有錢……我做牛做馬……不要！饒命！啊！」

□

話說破廟之外，血如冰蹲在寒刀眞人身旁察看死活，莊森則站在地洞陷阱旁細辨洞中藥味。突然廟內傳出淒厲慘叫，兩人對看一眼，隨即衝向破廟。

莊森正要跨入廟門，突見門檻後有條細繩。他一把抓住血如冰手腕，腳底在細繩上輕點，帶著血如冰躍入前院。落地時感到足下一沉，莊森連忙輕輕借力，再度躍起。落在大堂門外時，身後的前院地上坍落一個大坑，莊森毫不理會，一腳踢飛破廟門。

破門尚未倒地，獵人老王已經朝莊森拋出大菜刀，老李則抄出一把尖刀投出。莊森左手一揮，接下兩刀，順手都丟在地上。老李從火堆中撿起烤豬用的大鐵叉，一聲發喊衝向莊森。老王則取下掛在牆上的弓箭，拉弓射莊森。莊森扣住鐵叉，一腳踢飛老李，揮叉擊落近在眼前的羽箭，轉身走向老王。兩個獵人拔腿就跑，衝向內堂。莊森丟下鐵叉，追了上去。

血如冰撿起地上的尖刀，環顧四周。她沒理會在火堆上烤得奄奄一息的范濤，朝癱在角落的趙言嵐走去。

「趙言嵐，你沒想到報應來得這麼快吧？」

血如冰高舉尖刀，對準趙言嵐背心正要刺下，突然看見他斷了左掌，昏迷不醒，斷口處還在緩緩滲血。血如冰面目猙獰，手臂抖動，一刀想要刺下，偏偏有所遲疑。她蹲跪在趙言嵐身前，刀尖抵住他的心口，目光卻始終在他斷掌和慘白的臉上游移。她想把孫紅塵死不瞑目的表情投射在他臉上，但她卻只能想到趙言嵐親吻自己時的溫暖，凝望她時的深情。昨天那段她不願回想，骯髒污穢，鄙視自己的經驗，突然變得不是那麼折磨難耐。她覺得面前這名淒慘可憐的男人，或許當眞對她動過情。

血如冰痛恨自己心軟，鄙視自己是非不分，但她終究還是氣呼呼地放下尖刀，撕下裙襬包覆趙言嵐的斷手，用力打結。

莊森單靠左手拖著暈去的兩名獵人衣襟回到大堂。他適才匆忙打鬥，沒看清楚堂內景象，也沒想到會有人把人架在火堆上烤。這時一見火上烤的是范濤，他「唉呦」一聲，丟下獵人，奔向前去，扛下范濤。他把范濤放在地上，伸手探他鼻息，隨即左手貼他左胸，運功推動心臟。

「范濤！范濤！你死了沒？」

范濤有氣無力說道：「熟了……屁股熟了……」

莊森目光朝下，隨即又轉回范濤臉上。他說：「熟了七分。」

范濤握住莊森貼在他胸口的手掌。「心……心黑了……」

莊森搖頭：「心還沒烤熟。」

范濤說：「當年習藝，爲求大道。想不到求道數十載，如今心都黑了。」

莊森停頓片刻，道：「朝聞道，夕死可矣。」

范濤問：「你也說我可以死了嗎？」

莊森神色為難：「七分熟了呀。」

范濤伸手去搆地上的尖刀，搆不到。莊森輕嘆一聲，把刀推到他手邊。范濤握起尖刀，朝莊森使個眼色。莊森縮回手掌，讓出范濤左胸胸口。范濤以刀尖抵住自己心口。

「這年頭人吃人。」他說。「我吃夠本了。」說完壓下尖刀，吐出最後一口氣。

莊森站起身來，走向血如冰和趙言嵐。血如冰抬頭看他走來，說道：「他手斷了，血流不止。」

莊森將趙言嵐斷手處一路向上到左胸之間的穴道全數點了一遍，一把扯下將其右手固定在地上的鐵銬，扶他盤腿坐起。莊森在他身後坐下，雙掌貼著趙言嵐背心，運功助他療傷。

血如冰氣呼呼地問：「這人這麼壞，你還要救他？」

莊森揚眉：「妳不也幫他包紮傷口？」

血如冰眉頭深鎖，無言以對。

「我總得問個清楚，到底他為什麼要殺孫姑娘。」莊森運功片刻，治療趙言嵐在與范濤打鬥中所受的內傷，助他調息經脈，順暢內力運轉。趙言嵐氣血暢通後，轉勁訣發揮威力，自動接手療傷。他緩緩睜開雙眼，看見血如冰站在面前，勉強揚起笑容。

「血姑娘……想不到是妳……來救我。」趙言嵐虛弱道。

血如冰怒道：「誰要救你？我是來殺你的！」

「啊？」趙言嵐神情錯愕。「妳為何要殺我？我們……我們不是好好的嗎？」

血如冰更怒：「你逼姦我，還敢說好好的？」

「逼姦？」趙言嵐驚慌，氣息大亂。莊森加運內力，助他冷靜。「我們不是……我以為……我以為我們兩情相悅？」

「兩情……」血如冰氣到話都說不下去。她一把撿起尖刀，刺向趙言嵐心口。莊森連忙左手前探，扣住血如冰手腕。「血姑娘，請息怒！」

「息什麼怒？你聽到他說什麼？」血如冰奮力前刺，但莊森的手掌宛如鐵箍，尖刀難以寸進。「他說我跟他兩情相悅！」

趙言嵐側頭道：「原來是大師兄。」隨即又轉回去對血如冰說：「血姑娘，對不起，我不知道有這種誤會……」

血如冰憤而收刀，莊森放開她手腕。她說：「誤會？你口口聲聲說要殺我，還給我吞蠱毒，你是要多自戀才會以爲我對你有意？」

「但……」趙言嵐依然困惑。「但……是妳主動的？」

「我要保命！」血如冰吼。「我不想淪爲床下的無名屍！」

趙言嵐恍然大悟，神色無奈：「原來……妳發現孫姑娘了……」

「你爲何殺他？」血如冰恨恨問道。「是不是逼姦不遂？你殺過多少女人？」

趙言嵐張口結舌：「我……我……」

門外步入一道白衫身影，卻是理應在客棧昏睡的崔望雪。崔望雪煉製過師門玄藥眞丹，早已百毒不侵。儘管親手調配的痲針藥性極猛，也不過讓她昏迷小半時辰。她甦醒後下樓一問，連錢都不用出，掌櫃的便將眾人下落說了出來。她爲救愛子，匆忙趕來，一進大堂，見到趙言嵐形容憔悴，面無血色，手掌少了一隻，坐在血泊中，身旁是天下無敵的莊森和手持尖刀的血如冰，當場嚇得魂飛魄散，喝道：「森兒，你把嵐兒怎麼了？你砍下他的手？」

莊森驚道：「四師伯！」

趙言嵐見崔望雪神色驚恐，連忙解釋：「娘！不是……」

崔望雪身形一晃，左手扣住血如冰後頸，退至門口，大喝：「你給我放了嵐兒！」

趙言嵐氣急敗壞：「大師兄！快救血姑娘！」

莊森站起身來，左手高舉，遠離趙言嵐：「師伯，我沒有……」

趙言嵐貌似癲狂，嘶聲吼道：「快去救她！快去救她！快去救她！」

莊森讓他叫得慌了手腳，連忙衝向崔望雪。

崔望雪右手腕帶彈出金針，捏在手中，朝血如冰側頸插落。莊森快如雷電，出掌阻止崔望雪下針。崔望雪手腕一翻，金針刺向莊森掌心。莊森深怕自己縮手，崔望雪又要去刺血如冰，當即運起玄陽掌勁，左掌火氣四射，熱得跟塊火炭似地。崔望雪曾受玄陽掌折磨，五臟俱焚，苦不堪言。見莊森短短三年不到，玄陽掌的功力已經不亞於當年李命打在自己身上的那掌，不禁皺起眉頭，出招警覺。她左手提著血如冰，好似拎件衣服般絲毫不受拖累，踏起雲仙掌的仙履幻步，身法輕盈，如仙似魅，三不五時彷彿化出一道分身自兩個方向攻擊莊森。

莊森自玄黃洞一役後，眼界大開，三年間武功進展神速，邁入絕頂高手境界。崔望雪當年讓李命的玄陽掌整治得半死不活，雖靠莊森盡心盡力保住性命，畢竟元氣大傷，功力大打折扣。三年之間，崔望雪懸壺濟世，修心調養，逐漸恢復從前的功力。

然而此消彼長，她很清楚自己已經不是莊森對手，何況莊森對她又有救命之恩，要不是此事關乎愛子性命，她絕不能對莊森動手。

崔望雪將金針夾在右掌食指及中指之間，運起雲仙掌對付莊森。莊森若被她一掌擊中，便會中針。針上麻藥的威力，莊森已見識過，既連崔望雪都能麻倒，他自然也不是對手。兩人互相忌憚，連過數十招，掌掌揮空，雙掌亦不曾相交。莊森功力蠻橫，遠非崔望雪所能及，但雲仙掌快捷巧妙，莊森又僅以左手應敵，加上血如冰這面大盾牌，雙方鬥了個旗鼓相當。

趙言嵐見崔望雪幾度推血如冰出去抵擋玄陽掌，急得汗流浹背，喊道：「娘！快住手！妳若傷了血姑娘，我絕不原諒妳！」

崔望雪怒問：「嵐兒，你竟爲了一個無道仙寨的野女人跟娘親翻臉嗎？」

趙言嵐只道：「娘快住手！」

崔望雪分心說話，出掌慢了一步。莊森趁機扣住她左手脈門，逼她放開血如冰。血如冰摔倒在地，趙言嵐連忙奔近。崔望雪神色癲狂，朝莊森放出一把金針，將其逼退，隨即大叫一聲，掌擊血如冰。趙言嵐情急之下，撲到血如冰身上，崔望雪此掌便狠狠擊中愛子背心。

趙言嵐口吐鮮血，染紅血如冰胸頸。崔望雪驚慌失措，連忙把愛子拉入懷中。「嵐兒！嵐兒！你爲何如此？嵐兒！」崔望雪披頭散髮，模樣癲狂，一望而知神智失常，不斷哭喊：「你爲何如此？嵐兒！你爲何如此？」

莊森訝異之下，連忙奔到崔望雪身後蹲下，左掌貼她背心。「師伯請冷靜。」說著一股柔和功力輸入崔望雪體內，悉心守護她的心脈。

崔望雪感到渾身痠軟，眼皮重逾千斤，當即闔上雙目，好似暈去。她手一放開，趙言嵐癱回血如冰懷中，驚慌看著母親。

「師兄，你……你傷了我娘？」

莊森搖頭：「四師伯運功過度，情緒激動，我若不助她調息，會走火入魔的。」他探頭問血如冰：「血姑娘，沒受傷吧？」見血如冰搖頭，便道：「幫我扶起師弟。」

血如冰扶起趙言嵐，與崔望雪並排而坐，背對莊森。莊森側過身體，勉強伸出吊巾中的右手，貼上趙言嵐背心，同時幫趙氏母子運功療傷。崔望雪臉上浮現血色，神情也逐漸寧靜祥和。但趙言嵐臉色慘白，宛如死屍。他失血過多，又中了崔望雪摧心裂肺的雲仙掌，內外傷都十分沉重。若非莊森在場，早已一命嗚呼。

血如冰坐倒在趙言嵐面前，關切之情形於色。

趙言嵐噱血說道：「師兄，我傷勢沉重，眼看是不活了。孫姑娘、鄭瑤、刀客，還有那位神醫都是我殺的。我罪孽深重，你讓我死吧。」

莊森道：「傻話。有師兄在，你死不了的。」

趙言嵐淒慘落魄，跟一日前神氣活現的模樣不可同日而語。血如冰側頭看他，愣愣問道：「趙言嵐……你為何救我？」

趙言嵐強顏歡笑：「我虧欠姑娘，除死難報。血姑娘……妳我相聚時刻短暫，說不上刻骨銘心，但我對妳……是有心的。」

血如冰心中紊亂：「你這個人……反反覆覆，到底是怎樣？你為什麼要殺孫姑娘？」

崔望雪突然睜眼，語氣平淡道：「孫紅塵是我殺的。」

趙言嵐急道：「娘！別說了！」

崔望雪繼續說：「嵐兒說我行醫救人，為善天下，定要幫我遮掩此事。想不到他……竟然做到殺人滅口……一切都是我的錯。」

「是我殺的！與娘無關！」趙言嵐奮力轉頭，但卻力不從心。他對莊森道：「大師兄！我娘神智不清，胡言亂語！你不要聽她的！孫姑娘是我殺的！我……我逼姦不遂，是大淫賊。你一定要相信我才好！」

莊森等他說完，問崔望雪：「師伯為何殺害孫姑娘？」

崔望雪語氣平淡，陳述事實：「我死了夫君，女兒出走，就只剩下嵐兒一人。孫紅塵想搶我兒子，我一時迷了心竅，就殺了她。」

趙言嵐連忙解釋：「娘不是故意的！大師兄，我娘真的不是故意的！」

莊森問：「兩個月前，蒲州一會，師伯對孫姑娘和顏悅色。言下之意，似是要我撮合趙師弟和孫姑娘。何以突然起了妒意，卻來殺她？」

崔望雪沒有答話，趙言嵐搶著說：「我娘當年受傷，心脈摧殘，偶爾發作，難以自制。一切都是我不好。我爹死後，我把一切放在自己身上，卻沒顧慮到我娘……我娘才是真正深受打擊之人！她不只是失去我爹，還失去了七師叔……失去了大師兄……所有她曾珍惜的一切，還有每一個珍惜過她的人。她只剩下我在身邊，而我卻一直忙著自己的野心，忽略她的感受，沒發現她心裡有病。我娘病了，大師兄，求你救她！」

莊森問：「你適才急著要我救血姑娘，是怕師伯也殺了她？」

趙言嵐看向血如冰，說眞心話：「血姑娘撞見我殺鄭瑤，本來我定要殺她滅口。此事攸關我娘聲譽，絕不能有絲毫心軟。鄭瑤……我只有去長安公幹時見過一次。他並不是什麼出類拔萃的弟子，我……」

莊森說：「他如今是金州神捕，破案無數，受當地百姓愛戴。」

趙言嵐神色慚愧，繼續說道：「我要殺血姑娘時，想起孫姑娘死前的模樣，實在下不了手。相處一夜一日，或許我把對孫姑娘的情感投射到她身上。我覺得有很多話只想跟她說，偏偏又不能說。」他望向血如冰，誠懇道：「我對姑娘並無非分之想，但我也不是坐懷不亂的大君子。我不知道姑娘心中煎熬，還以爲我們兩情相悅。我們……事後，我擔心我娘發現此事，又來殺妳。只好留下解藥，不告而別。」

血如冰說：「你栽贓嫁禍，要我揹黑鍋。」

趙言嵐說：「我知姑娘口齒伶俐，能靠嘴脫困。」

「你要靠血姑娘引我來追你。」莊森邊想邊道。「你把孫姑娘藏在床下，本就沒打算湮滅證據。」

趙言嵐點頭：「孫姑娘因我而死，我豈能讓她淪爲無名屍？我只想要天下人都認定是我殺了她。大師兄，你就當是我殺了她吧？我娘病了，請師兄救她。」

崔望雪卻說：「我罪大惡極，不必再救。嵐兒卻還有大好前程。森兒，你把鄭瑤等人的命都算在我頭上，放過嵐兒吧。」

趙言嵐急道：「不！我娘醫術天下無雙，今後還能救很多人。大師兄，通通算在我頭上！人都是我殺的，你放過我娘！」

「你們是要我挑一個人出來頂罪？」莊森皺起眉頭，神色苦惱：「先把話說清楚，我若挑了，另外一個不可再跟我死乞白賴，哭哭鬧鬧。」

母子倆對看一眼，同時點頭。

莊森放開兩人，站起身來，說道：「血姑娘，借一步說話。」兩人一起走出破廟大堂。

第十三章　了緣

莊森及血如冰一言不發，繞過院中陷阱洞，跨越門檻，走出破廟。烏雲散去，明月高掛。莊森眉頭深鎖，走到寒刀眞人身旁，低頭凝望屍體，輕嘆口氣。

「血姑娘，妳怎麼看？」

血如冰說：「武林中呼風喚雨的兩大高手，到頭來也是敗在七情六慾之間。我從前覺得你們高高在上，如今看來，不過如此。」

莊森笑道：「紅塵之中，都是俗人。」

血如冰想想說道：「我本來認定趙言嵐是專殺女子的絕代大淫魔，偏見看待他所做的一切。此刻看來，他或許眞的對我……沒有懷抱惡念。他玩完了我，不告而別，眞的是擔心他娘知道，又來殺我，你說是吧？」

莊森聳肩：「妳若不信，便去問個清楚。」

「不問了。」血如冰搖頭。「他兩度捨身救我，我也沒什麼好怨的。發生在無道仙寨裡的事，就留在無道仙寨裡。放在心上，徒增煩惱。」

莊森瞧她片刻，提步朝樹林走去。血如冰沒有多問，跟了上去。月色比之前明亮，但樹林中起了薄霧，一樣看不清楚。兩人行走片刻，血如冰問：「說眞的，如果非選不可，你讓誰頂罪？」

莊森理所當然：「趙師弟呀。四師伯號稱武林第一美女，我怎麼捨得讓她頂罪？」

血如冰說：「原來莊大俠也是好色之徒。是我一定選崔女俠。我殺不了趙公子，自是心裡有了他。我也捨不得讓他頂罪。」

「膚淺啊。」

「紅塵之中，都是俗人。」

血如冰步伐虛浮，突然絆了一跤。莊森出手扶她，問道：「怎麼了？」

血如冰眨眼睛：「沒事，頭有點暈。」

莊森神色一凜，轉頭四下觀看。樹林茂密，濃霧四起，無論看向哪方，都是同樣景象。他轉身回頭，方才離開不久的破廟大門已然不知所蹤。他們不知何時竟已來到樹林中央。

「苦主來了。」

「苦主？」

莊森攙起血如冰右臂，說道：「樹林中布下迷魂陣。孫姑娘她爹來爲女報仇了。」

「迷魂……」血如冰神智不清，左搖右晃。

莊森放開她的手，掌心貼其後背，灌注功力。「孫先生的迷魂陣太厲害，光是身處陣中就會神智不清。姑娘盤腿坐下，抱元守一，莫要妄動。」

血如冰依言盤腿坐下，擺練功勢。

莊森撿起一樹枝，面對破廟該在的方位，於地上簡繪八卦圖。

血如冰問：「莊大俠也懂奇門八陣？」

莊森邊畫邊說：「皮毛。之前經孫姑娘指點，初窺一點門徑。」他掐指計算，左顧右盼，算中地上一顆巴掌大的圓石。莊森走到圓石前，矮身握起，緩緩左轉。破廟方向的樹林景象隨之轉動，彷彿開門般露出些許眞實面貌。只看得血如冰目瞪口呆。

莊森又算出右側圓石所在，上前朝右轉石。景象再度轉動，陣門開啓，破廟景象清晰。只見孫了緣站在破廟大門頂上比手畫腳。破廟內飛砂走石，宛如塵暴。

莊森高喊：「孫先生！手下留情！」

孫了緣不理會他，矮身撿起腳下瓦片，丟入破廟院中。破廟風勢突然轉大，飛石撞擊聲響不斷。

莊森奔向破廟。孫了緣撿起備好的樹枝，拋向廟外。莊森面前憑空落下數棵大樹擋道。他大驚失色，但心神不亂，知道一切都是障眼之法。他運轉功力，猛然睜眼，找出引發幻象樹枝所在。莊森撿起樹枝，一折兩斷，憑空冒出的大樹當場消失。

莊森丹田發聲，嗓音清晰，但語氣溫和，穩穩傳入孫了緣耳中：「孫先生！你立心行善，切莫多傷人命。」

孫了緣手勢稍緩，深吸口氣，語音顫抖：「那我女兒就算白死了嗎？」

莊森勸道：「玉面華佗崔女俠當世醫術第一！你殺了她，她會少救好多人！」

孫了緣問：「我造桃花源也能救好多人，難道抵不了嗎？」

莊森說：「救的人不一樣。」

孫了緣轉過身來，神情扭曲，老淚縱橫。「那我女兒……就白死了嗎？」

莊森見他如此，忍不住神色哀淒。他上前兩步，孫了緣沒再阻止他。他說：「孫先生，請節哀。」

孫了緣悲到極點，五官扭曲，放聲嘶吼，自懷中取出尖刀，拋入破廟。廟中風勢猛烈，刀光閃動，宛如雷劈。接著一切戛然而止，幻象盡皆消失。

趙言嵐淒厲慘叫：「娘！」

莊森拔腿狂奔，衝入破廟。血如冰連忙也追了進去。來到大堂之中，只見崔望雪四肢染血，躺在趙言嵐懷中。趙言嵐哭道：「娘！娘！妳不要死！娘！」

莊森跪倒在兩人身邊，檢視崔望雪傷勢。趙言嵐忙道：「大師兄，快救我娘，你救救她！」

崔望雪卻對莊森搖頭：「森兒，不必救我。」

孫了緣與血如冰同時進門。孫了緣說：「我傷了她的筋脈，廢了她武功。今後她只能救人，不能再害人了。」

崔望雪曾在野馬莊醫治過孫了緣。當時不知他是何人，如今卻已清清楚楚。她語氣虛弱道：「了緣居士。」

孫了緣見她被自己的尖刀陣砍得滿身是血，心中並無絲毫快意。他說：「崔姑娘。」

崔望雪問：「我出於嫉妒，殺你女兒。如此罪孽，何必饒我？」

孫了緣流淚道：「我曾立誓，不再殺人。紅塵……也不會希望我殺妳。」

崔望雪吃力掙扎：「你饒得了，我饒不了。」她腕帶彈出金針，捏在手裡，朝自己咽喉刺去。

莊森和趙言嵐立刻反應，但還是孫了緣第一個抓住她手腕。孫了緣道：「亂世之中，枉死之人已經太多。妳若覺得虧欠，餘生多救幾個人吧。」

崔望雪愣愣看他，失聲痛哭。

第十四章　波瀾

次日清晨，血如冰趕回巴梁鎮，僱車去破廟載運傷患。他們把獵人交給官府，隨即在梁巴客棧住下，悉心爲趙氏母子療傷養病。以莊森的醫術，便是將崔望雪筋脈完好接回，無損功力，也辦得到。但崔望雪不願意。今後她只想救人，不要再打打殺殺。趙言嵐手掌接回，但筋脈受損，之後左手無力，難以運功，武功打了折扣，日常起居無礙。

第三天，莊森留下照顧兩人。血如冰同了緣居士返回無道仙寨。帳爺在山腳下接走了緣居士，血如冰則孤身回歸揹客居。一場無端惹上的是非總算告一段落。血如冰推開揹客居大門，回到熟悉的家中，百感交集，恍如隔世。

曹諫聽說她回來了，連忙大喜迎上，說道：「冰姊！那夜妳讓帳爺的人抓去，我還以爲……再也見不到妳了！我投石警告妳別回家來，怎麼妳沒發現嗎？」

血如冰強顏歡笑：「我當時失魂落魄，心不在焉。這幾日累你擔心了。」

曹諫眼眶濕潤：「妳回來就好了。回來就好了……」

兩人互訴別來之情。無道仙寨大張旗鼓查辦鄭瑤命案，只是為了給玄日宗交代。那日得知此為玄日宗門戶之事後，帳爺便不再管，放回曹諫，賠了刀客窟五十兩銀子，就算擺平七里香命案。至於九天神醫之死，在無道仙寨，沒有人證的命案不算命案。一名醫生不明不白死在自己醫館裡，要嘛價錢談不攏，不然就是醫壞了的病患挾怨報復，沒什麼離奇之處。無道仙寨裡的神醫、醫仙、醫聖、醫王多如牛毛，一般是醫治跌打損傷、傷風感冒，或婦科聖手，個個高深莫測，誰也不知道誰眞有本事。

血如冰將自己遭擒之事說了一遍，但沒提趙言嵐和崔望雪的身分，只說是神祕高手。至於自己主動獻身之事，則是含糊帶過，只說為了脫身做了必要之事。曹諫見她語焉不詳，也不敢多問。總之，人平安就好。在這種地方討生活，求的不過就是一個平安。

曹諫擔心數日，這下心裡高興，連忙到街上張羅筵席，在掮客居院子裡擺了一桌，找所有夥計一起慶祝冰姊歷劫歸來。席間，血如冰談笑自若，與眾人把酒言歡，但曹諫總覺得她眉宇之間多了一絲憂鬱，似乎心事重重，又像茅塞頓開。

酒足飯飽之後，曹諫命夥計燒了一大桶熱水，讓血如冰沐浴更衣。血如冰關門之前，拍拍曹諫胸膛，笑道：「好曹諫，還是你懂我心意！」曹諫點了點頭，出了房門，四下巡邏，確保沒有夥計偷看冰姊洗澡。

血如冰泡在浴桶之中，愣愣想著心事，直到熱水涼了，這才飄然出浴。她換上血㨗客的招牌紅衫，戴上她的血滴耳環，出門回到㨗客居大堂。夜色已深，沒有生意，夥計各自待在崗位上打盹，便只剩下曹諫一人坐在堂中喝茶看書。他見血如冰出來，連忙放下書本道：「冰姊，妳怎麼又出來了。回房休息吧！」

血如冰笑道：「三更半夜，正是我們做生意的時候。你看什麼書呢？」說著在桌旁坐下。

曹諫翻杯幫她倒茶，說道：「我在看《虛鳳訣》，思索怎麼把『浴火轉生』使成絕世高招。冰姊，我想過了，只要在㨗客居跟人動手，配合小沈那些裝神弄鬼的法門，一定可以……」

血如冰搖手：「免了。武功強弱，騙不了人的。這幾天見識眞的絕世高手，才知道我們搞這些手段只是鬧自己笑話。」她轉頭看向牆前長桌上擺設的十幾本武功祕笈，想起莊森的問話，說道：「收集武功祕笈，幻想自己有朝一日能夠成爲絕世高手……如此意淫，著實無聊。還是選定一門功夫練好，該怎麼辦事，就怎麼辦事。」

曹諫先是詫異，繼而點頭：「如此倒也踏實。」

血如冰問他：「這幾日有事嗎？」

曹諫道：「咱們忙著找妳，都沒開門做生意。不過我昨日路過田園畫坊，見那陳書生臥病不起，不知是否練功走火入魔。我趁他們家人沒注意，溜進去把咱們賣給他的《虛鳳訣》帶出來了。」

血如冰半天沒答話，最後說道：「明日把祕笈都收起來。別做祕笈買賣生意了。」

曹諫遲疑問道：「冰姊，妳不會……長出良心了吧？」

「良心有一點總是好的。」血如冰喝口茶。「祕笈生意麻煩太多，還要請人抄寫，賺不了幾個錢。況且我們手上那些，根本算不上什麼高明祕笈，每本都說破了嘴才有人要買。又不是玄日宗玄陽掌那種級數的絕世武功……」她想起趙言嵐火熱的掌風，忍不住嘆道：「那玄陽掌可眞是厲害呀。」

曹諫問：「要不，去弄弄看？」

「你找死呀？弄玄陽掌？」血如冰噗哧一笑，搖頭道：「重點根本不是祕笈，是你習武的天賦跟肯下的苦工。咱們爲了吃飯東奔西跑的人，這輩子都別想練出那種功夫了。」

門外突然有人喊道：「血姑娘？我聽說血姑娘回來了！血姑娘在家嗎？」

血如冰笑道：「生意上門。」

曹諫卻皺眉：「是李雲天那渾人。昨日就來過了。他們敲詐草田村民，得了甜頭，說要親自跟冰姊道謝。」

血如冰也感厭惡，但又不好不見，便說：「讓他進來吧。」

李雲天眉開眼笑，來到血如冰面前，恭恭敬敬奉上銅錢十兩，說道：「血姑娘，托妳鴻福，大發利市，索得錢財二十兩，在此交出一半，請姑娘笑納。日後有生意，還請姑娘多多關照！」

血如冰看著桌上的銅錢，皺眉心想：「王阿牛說窮三村鄉親之力才籌出五十兩託我辦事，這人竟然還能索得二十兩？不知道他使了什麼手段？」笑問：「李兄果然厲害，窮鄉僻壤都能榨出油水。佩服佩服。」

李雲天哈哈大笑：「在下第一回幫姑娘辦事，自然得盡心盡力啦！那些村民個個賤骨頭，不打怎麼肯拿錢出來？我拿刀架在個老頭脖子上，他們還敢跟我說沒錢。老子一刀砍了他！」他說著比劃刀砍的手勢。「嘿！馬上都有錢了！」

血如冰大驚：「你殺了人？」

李雲天得意洋洋，點頭道：「殺個把人又算什麼？討債是我老本行！血姑娘日後有債要討，包在我姓李的身上！」

血如冰驚訝到一時說不出話，見他拳頭上血跡斑斑，便問：「你手上怎麼又有血？」

李雲天笑道：「巧啦！我剛剛來找姑娘，在市集大街上遇上一名草田村民。他認出我，上前撲打，讓我揍個半死，丟在路邊。這會兒也不知道死了沒呢！哈哈哈！」

「唉唷！」血如冰倏然起身，奔出外院，沿暗巷往市集大街衝去。出了巷口，左顧右盼，見一販售奇珍異獸的攤販旁牆角躺了個人，鼻青臉腫，血肉模糊。血如冰來到他面前蹲下，一看果然就是草田村的王阿牛。她探其鼻息，氣若游絲，喚道：「王大哥？王大哥？」

王阿牛睜開雙眼，片刻後才認出血如冰。他說：「血……血姑娘……我撞見……玄南山……盜匪。那傢伙……前兩天來……村裡殺人。妳要……小心……他們八成……聽說妳在幫我們……跑來對妳……不利……」

血如冰心下愧疚，搖頭道：「王大哥，我……」

王阿牛咳出一口鮮血，跟著劇烈嗆血，喘不過氣，腦袋一癱，就此斷氣。血如冰伸手闔上他雙眼，說道：「王大哥，我定當竭盡所能，救回尊夫人，讓……讓草田村民……不再……不再……」她懷疑自己能力所及，能否辦成此事，一句承諾就說不下去。

曹諫和李雲天趕到，站在血如冰身後觀看。李雲天冷言冷語：「這鄉野村夫自己找死，血姑娘何必為他難過？」

血如冰大怒，起身迴旋，一腳踢得李雲天摔在地上。她上前補踢兩腳，跨坐在他身上，出拳朝他臉招呼。李雲天莫名其妙，直問：「血姑娘……這……唉唷！血……」

美女當街毆打壯漢，立刻引來路人圍觀，鼓掌叫好。曹諫不願當眾違逆血如冰，只能蹲在她身旁，輕聲道：「冰姊！莫激動！好多人在看。」

李雲天趁血如冰拳擊放緩，怒問：「血姑娘！我都是照妳吩咐去做！為何怪罪於我？」

血如冰也怒：「我沒叫你殺人！」

李雲天理直氣壯：「妳沒吩咐不能殺人呀！血掮客聲名在外，心狠手辣，難道還是在下聽錯了？」

血如冰神情扭曲，高舉拳頭。曹諫低聲勸道：「冰姊，他只是照妳的話做。」

血如冰轉頭看他，嘴唇抖動：「是我害死王阿牛？」

曹諫忙搖頭：「千萬不要這樣想。」

血如冰放開李雲天，站起身來，啐道：「殺人是最後手段。人死了你跟誰收錢？滾！不要讓我再見到你！」

李雲天連滾帶爬，逃之夭夭。

這時小沈也帶了幾名夥計趕到。血如冰吩咐他們收殮王阿牛，等次日早上去後山找塊地埋了。她愣愣靠著也不知道關了什麼奇珍異獸的獸籠，眼看夥計搬運屍首，想著自己此刻反應與遭遇趙言嵐前有多大不同。曹諫晃到血如冰身邊，拉她衣袖道：「冰姊，妳累了，先回去休息吧。」

血如冰揚起右手，看著指節上打人留下的擦傷，問道：「曹諫，咱們屋裡備有多少現錢？」

曹諫道：「約莫三百兩。」

「去拿出來。咱們去刀客窟僱人。」血如冰冷冷說道。「我要挑了玄南山盜匪，解決草田村危難。」

曹謙大膽勾起血如冰胳臂，拉著她步入暗巷，遠離人群，說道：「姊，咱們當年成立揹客居，說好了不感情用事，不談仁義道德。咱們開門是做生意，不是行俠仗義的。」

血如冰瞧他片刻，目光誠懇：「想法會變。規矩也可以改。」見曹謙表情掙扎，欲言又止，便問：「難道你只願跟著我作奸犯科，不肯跟著我當一次好人嗎？」

曹謙嘆氣：「咱們好不容易建立起名聲，開始接大買賣了。冰姊突然長出良心……難道咱們要從頭開始？」

血如冰發揮魅力，輕輕握住曹謙手臂。「從頭開始又如何？我說我們以前做錯了。」

曹謙緩緩點頭：「妳知道妳怎麼說，我就怎麼做。我只是想了解爲了什麼。」

血如冰說：「近朱者赤，近墨者黑。我跟大俠莊森混了兩天，對行俠仗義起了憧憬。」見曹謙依然不太信服，她深吸口氣，又道：「我爲了讓那惡人捨不得殺我，用身體去誘惑他。你知道事後我有多厭惡自己，有多痛恨他嗎？」

曹謙早已猜到，只是沒有道破。他忙說：「冰姊也是身不由己。」

「但後來我卻發現，我就算沒那麼做，他也不會殺我。他雖非完人，卻也不是我想像中那種壞蛋。」血如冰說。「我們身處這鬼地方，每天幹這些鳥事，總假設所有人都跟我們一樣糟糕，壞掉了，餿掉了。我不喜歡這樣。我想當個好一點的人。」

曹諫默默聽著，沒有多說。

「你知道桃源帖的事情是玩真的嗎？」

曹諫大驚：「不是詐騙？」

「中間會抽多少油水，我不知道。」血如冰說。「但他們真的要建桃花源。真的要讓人避戰禍。」她後退一步，背靠牆壁。「或許無道仙寨不是最爛的茅坑。或許我們沒有必要變成最低賤的人渣。這不是一時興起的傻念頭，是真的有人等我們去救。幫我，好嗎？」

曹諫問：「做一回好事，便把積蓄花光，這可不是做生意的道理。」

血如冰說：「身外之物，再賺就有。」

「還是把自己功夫練好實際，省下僱用刀客的錢。」曹諫點頭：「我還有一百兩積蓄。四百兩夠僱好幾名高手，對付黑鷹宮綽綽有餘。」

血如冰搖頭：「不要用你的錢。」

曹諫也搖頭：「我只要冰姊平安無事。用我的錢心甘情願。」

血如冰瞧他片刻，點了點頭。

□

兩人帶錢趕往刀客窟。刀客兄在門口攬客，一看到他們兩人，立刻揮手道：「走開，走開，不做你們生意！」

血如冰訝異：「哇！刀客兄，幾日不見，怎麼換了副嘴臉呀？」

刀客兄大聲道：「妳這掃把星，害死我們家七里香！我們不做掮客居的生意啦！」

血如冰想起七里香，心中微感愧疚：「七里香可不是我殺的呀。再說，帳爺不是有賠錢給你？」

「賠那五十兩算個鳥呀！妳知道七里香能幫我賺多少錢嗎？」刀客兄怒氣沖沖。

血如冰幽幽嘆息：「七里香是個好人，如此枉死，實在可惜。他能幫你賺多少錢，總之是賺不到了。」她拉開錢袋，露出四百來兩銅錢。「眼前掮客居的生意，卻是大有賺頭。刀客兄，談談吧？」

刀客兒見錢眼開，嘴臉也不那麼凶狠了。他說：「血姑娘突然闊綽起來了？是接了什麼大買賣嗎？」

血如冰道：「老實說，這次是私人恩怨。你就當是幫我忙？」

「私人恩怨呀？」刀客兒眉頭深鎖：「血姑娘，詳情我不清楚，但聽說妳是讓玄日宗的人抓走的？玄日宗沒人敢惹呀，我勸妳打消念頭吧。」

血如冰搖頭：「不是玄日宗。我要去剿玄南山盜匪，便是當初找七里香要幹的事。求刀客兒幫忙，以慰七里香在天之靈。」

刀客兒把血如冰拉到一旁。「不是我不想幫妳，有錢賺，我難道不想賺嗎？舉凡刀客都在刀口下討生活，最迷信不過了。七里香接了你的生意，還沒出刀客窟就讓人宰了。妳說說，還有比這更不吉利的嗎？總之，妳現在就是掃把星，沒有刀客會接妳生意。而且事情已經傳開，不光我們這裡，全仙寨都一樣。我勸血姑娘先低調幾天，想辦什麼事，等下個月再說吧。」

血如冰皺眉：「農村百姓遭盜匪欺壓，撐到下個月，難保不會餓死人。還有那被抓到山裡的壓寨夫人……」

刀客兒揚手：「農村百姓哪天不遭人欺壓？今日是盜匪，明日是官府，早就習慣了，不會那麼容易餓死的。」他說著退入門內，關上刀客窟大門，擺明要等血如冰走了再做生意。

血如冰帶曹諫又跑了幾家僱傭行，果如刀客兄所言，沒人願意做她的生意。她垂頭喪氣，返回掮客居。曹諫勸她：「冰姊，妳盡力了。既然找不到幫手，就算了吧？」

血如冰想起王阿牛死前還為自己安危著想的模樣，搖頭說道：「挑不了匪寨，只好退而求其次。我自己去把王大嫂救出來。」

曹諫急道：「不好啦！太危險了！」

血如冰拍他肩膀：「對，危險，我自己去就是了。你留下打理掮客居。」

曹諫搖頭：「那怎麼行！我跟冰姊同進退！」

血如冰捏他肩膀：「我就知道你對我最好了。那我們明日一早出發。」

「啊？」曹諫愣住。

「怎麼著？」

「我中招了。」

血如冰笑道：「你對我最好了。」

第十五章　過往

次日清晨，曹諫打包行李，帶了兩套夜行衣，兩把短刀，隨血如冰至山腳驛站租兩匹馬，南向前往巴州。未末申初，入巴州城，下馬步行，在路上買餅充飢。曹諫牽馬行走，邊吃包子邊問：「玄南山位於巴州城東十里外。咱們夜探匪寨，時候剛好。冰姊是要先去草田村問清楚情況嗎？」

血如冰搖頭。她想了一整天，總是難以抉擇。「咱們此行，主要是救出王大嫂，多半救不了草田村。還是別去打擾他們，免得給人希望。」

曹諫見她往南，不是向東，問道：「咱們上哪兒去？」

血如冰道：「找人打探黑鷹宮的虛實。」

曹諫喜道：「原來冰姊在巴州也有人脈？」

血如冰秀眉緊蹙：「我師父。」

曹諫吃了一驚：「這人還活著？妳不是說他虐待妳，心懷不軌，不是好人？又去找他做什麼？」

血如冰冷冷說道：「他是武林中人，熟知西南各道武林門派。要知道黑鷹宮的武功實力，何故沒落，剩多少人，找他一問便知。」她轉向曹諫，又說：「知己知彼，百戰百勝。我們兩個勢窮力孤，不能亂闖虎穴。」

曹諫說：「冰姊有計畫，我也安心點。」

兩人行走片刻，血如冰靜不下來的毛病又犯了。她吐露心中思緒：「莊大俠說他們絕世武功不是娘胎裡帶的，總是從小鍛鍊，吃常人吃不了的苦，才成就一代大俠。會不會小時候師父折磨我，眞的是爲了我好？我跑出來，只是畏苦怕難，不肯吃苦？」

曹諫搖頭：「是否遭人虐待，小孩最清楚。況且妳不是說他心懷不軌，對妳上下其手？」

血如冰輕嘆一聲：「姊姊我花容月貌，前凸後翹，能怪他嗎？」

曹諫大聲道：「怎麼能不怪他？他是妳師父呀！」

血如冰沉默片刻，低聲道：「師父孤單寂寞，也是有的。」

曹諫語氣堅決：「妳不要找藉口爲畜牲開脫。他對妳那麼壞，妳都要原諒他？那我曹諫對妳好這麼多年，碰都沒碰過妳，又算是什麼？」

曹諫對她有心，血如冰自然知曉。她總想兩人一起做買賣，互相照顧是理所當然，互相利用也是順理成章。偶爾曹諫言語間表達關懷之情，血如冰便會講些「好兄弟！最好了！」之類的話矇混過去。不過曹諫鮮少會把話講得這麼明白。或許他覺得血如冰最近受委屈了，他應當多表達一點關愛。又或許血如冰跟他師父的關係本來就是他心中的疙瘩。她想說：「你是好兄弟嘛！」或「你正人君子呀！」但又說不出口。兩人默默走了一段路，血如冰退到曹諫身旁，伸出右拳，輕輕在他左肩上捶了一下。

曹諫沒好氣：「幹嘛？」

血如冰噘嘴：「你說沒碰過我，就碰你一下。」

曹諫忍耐片刻，最後還是笑了出來。「有時我想，我這條命遲早賠在妳的手上。」

血如冰搖頭：「你別亂想這些。」

曹諫過了一會兒又說：「有時我巴不得能爲妳賠上性命。」

血如冰想握他的手，但又怕給他不對的期盼。她總覺得自己並非池中物，有朝一日會變鳳凰。她覺得天下很大，自己不會在無道仙寨窩一輩子。她不在乎對男人色誘示好，但不願對任何無道仙寨裡的男人動心動情，因爲那會落地生根，受困一生。她說：「不要爲我賠上性命。我不值得。」

曹諫笑了笑，沒有繼續說下去。一個女人値不値得，向來都是男人自己的心眼，跟女人本身意願無關。

不多時轉入僻靜巷道，來到一座小宅院。院門上有塊匾，寫著「知博派」。那匾有些掉漆，有些殘破，也不知多久沒拿下來清洗。血如冰站在門外，抬頭看匾，往事歷歷，一時之間進不了門。

曹諫說：「原來冰姊是知博派的傳人。」

血如冰如夢初醒，轉頭看他：「你聽過？」

曹諫點頭：「知博派標榜天下之事，無所不知。擅長隱匿行跡、查探消息的功夫。黃巢之亂前期曾加入亂民，幫黃巢探過不少軍情。後期隨朱全忠一眾大將倒戈叛變，也算平亂有功。不過亂平之後便沒落了。」

血如冰道：「師父收我時，已經年近五十。我出走後，他多半也沒力氣再收新徒弟。我以爲他早就關門不接買賣了。」她探頭進門，只見小小的院子裡曬了幾簍乾藥草，擺著幾缸醃菜，看來與尋常人家無異。她嘆道：「道德經說『知者不博，博者不知。』派名『知博』，擺明唬人。」

屋內走出一名老者，形容憔悴，彎腰駝背，抬著一罈剛釀的酒要去柴房。他看見大門口有人，連忙笑臉迎上：「哎呀，貴客到，快請進，快請……」待得認出血如冰，竟歡喜到老淚縱橫，泣道：「牡丹，牡丹呀！妳終於回來了！」

曹諫忍不住低聲問：「牡丹啊？」

「是你改不改名？」

「改！」

血如冰踏入院中，微微行禮，說：「師父。」

老人放下酒罈，奔到她面前，伸手去握她的手。血如冰連忙縮手，不讓他握。老人當作沒事，只說：「妳回來就好了！妳回來就好了！」

血如冰自錢袋中取出一串銅錢，說道：「我來跟師父買個消息。價碼還跟從前一樣吧？」

老人也不失望，擦擦眼淚說道：「傻啦，牡丹！妳要知道什麼，師父會不告訴妳嗎？妳要辦什麼事，師父都幫妳辦好了！從前有什麼誤會，都是師父不好。我跟妳賠罪！妳就留下來陪著師父，繼承本門衣缽吧！」

血如冰把錢丟到老人手中。「我要知道黑鷹宮的事。他們掌門弟子陳一刀如何淪為盜匪，在玄南山欺壓村民？」

老人把錢塞入懷裡，朝屋內一比：「進來說，進來說。」

血如冰搖頭：「在院子裡說就行了。」

老人站在屋門口：「妳既要當客人，咱們可沒讓客人在院子裡說話的道理。進來說。」

三人來到大堂。老人忙進忙出，開窗照明，又去柴房端來熱水沏茶。血如冰見他窮忙，不談正事，知道他定在盤算什麼心眼，只有暗自搖頭，對曹諫道：「牡丹是我師母的名字。師父收留我時，師母已經過世。他給我取名牡丹，說是悼念亡妻。」她苦笑一聲，也不知道還有什麼沒接著說出口。

老人沏好茶，倒了三杯，推到各人面前。曹諫走得渴了，拿起茶杯要喝。血如冰一把抓住他手腕，微微搖頭。曹諫立刻把茶杯放下。老人看在眼裡，苦澀道：「牡丹，就算師父多有不是，妳也不需像防賊一樣防著我吧？」

血如冰冷冷說道：「就當我是不認識的顧客，快快做完買賣。」

老人長嘆一聲，說道：「黑鷹宮好端端的。是那陳一刀不滿師父把飛鷹刀譜傳給他，卻遲遲不肯讓出掌門之位，於是率領幾名二代弟子叛變逼宮。黑鷹宮主收回飛鷹刀譜，把他們全部逐出師門。陳一刀帶了十二位師弟輾轉流落山南道，因吃不上飯，遂招攬手下，落草爲寇。全寨三十二人，除黑鷹宮弟子外，並無高手。」

血如冰問：「烏合之眾？」

老人搖頭：「不可小覷。飛鷹刀法，不同凡響。他那些師弟並不出類拔萃，妳勉強還應付得來。但陳一刀本人，萬萬不可動手。」

「匪寨坐落何處？」

「玄南山腰。」老人道。「城東十里外入山，過兩條山澗，會看見一棵十人合抱的古木，人稱撐天柱。妳自撐天柱轉北，再走一里路就見著了。」

血如冰思索片刻，又問：「飛鷹刀法如何？」

老人回：「快、狠、猛。招式大開大闔，彷彿飛鷹展翅。搭配他們的鷹羽鏢，可謂防不勝防。」

血如冰拔出腰間短刀，反手持刀，比劃幾招，揚眉問：「綿裡藏針訣？」

「可行。」老人點頭。「但妳出招得快，內力要足。這幾年，妳功力進展如何？」

「忙，懶散，沒在練。」血如冰答。她出走無道仙寨後，恨上了師門的一切，不願練從前的功夫。這也是她收集武功祕笈的主因。

老人嘆息：「妳悟性好，但定性不足。若妳肯好好練功，如今也不怕陳一刀。」

「廢話！」血如冰突然一股悶氣上腦。「我不肯好好練功，又怪誰呢？」

「怪師父！怪師父！」老人連忙認錯。「都是師父不好！師父跟妳賠罪！這樣吧，師父幫妳料理了陳一刀。妳就留下來陪陪師父，好不好？妳不必擔心什麼。師父老了，不中用了，不會再對妳怎麼樣了。」

曹諫從頭到尾沒吭過聲，這時終於忍耐不住，一掌拍在桌上，茶杯茶壺全部跳起。老人斜眼看他，問道：「這位小哥有話要說？」

曹諫怒斥：「我聽到畜牲說話就想拍桌子。」

老人一副無所謂：「你怎麼這麼說呢？你不也是畜牲嗎？」

曹諫大喝：「你說什麼？」

老人解釋：「你像條狗一樣跟在牡丹後面，不就是拜倒在石榴裙下？我們牡丹別的沒有，就是美，就是艷，就是令人怦然心動。你可別告訴我說你跟著她，是因爲她聰明過人，武功高強。屁！女子無才便是德。你就是一條想上她的狗。」

血如冰和曹諫同時站起。曹諫舉起拳頭，讓血如冰伸手攔下。血如冰瞪著老人道：「從頭壞到尾，你眞沒辜負我的期望。」

老人冷笑：「妳也還是那個不知感恩的小婊子。」

曹諫還想揍人，血如冰拉了他往外退走。「別理他。我們要問的都問完了。」

曹諫掙扎道：「讓我教訓他！媽的，我們是無道仙寨來的，一定要比他壞！」

血如冰退到外院，低聲說：「他拖延時間。此地不宜久留。」

曹諫突然警覺，跟血如冰一起轉過身去，只見大門外走入三名男人。其中兩人佩刀，不曾見過。第三人提著一把長槍，鼻青臉腫，卻是那玄槍門的李雲天。李雲天得意洋洋，槍頭指向血如冰：「姓血的，妳昨晚打得我可過癮了！風水輪流轉，今日讓你見識大爺的手段！」

血如冰皺起眉頭，細看跟在李雲天身旁的刀客。她並不把李雲天看在眼裡，不管有沒有拿槍，但那兩名刀客來歷不明，看來可不好惹。她又回頭看看屋內，只見她師父坐在原位，滿臉淫笑看著她。知博老人的武功不算高強，但至少比他徒弟強些。血如冰知道師父老奸巨猾，從來不會搶先動手，於是暫且不理會他，對李雲天說話。

「李兄神通廣大，竟能查出我和知博派的淵源。」

「那是老天有眼，我也沒去查妳！」李雲天哈哈大笑。「我這個人有仇必報。昨晚挨了揍，我立刻下山，趕去玄南山，找山大王報信。大王聽說妳血掮客要來找他晦氣，立刻派了兩大高手隨我來拿妳。這位高勇龍大哥是老江湖，見多識廣，老成持重，說要先來打探血掮客的底細，便找上了巴州城內最便宜的知博老人。好死不死，那老傢伙原來是妳師父！高大哥料到妳會來找師父幫忙，就跟咱們在這裡守株待兔啦！哈哈，血如冰，妳眾叛親離，連師父都爲了錢出賣妳。我看妳別在江湖上混啦！」

血如冰輕笑一聲，問道：「我師父多少錢把我賣了？」

「五十兩！」

血如冰聽說跟王阿牛請她的錢一樣，點頭道：「公道。」她轉向姓高的刀客，問道：「高兄是黑鷹宮的高人？」

那高勇龍乃是陳一刀的二師弟，玄南寨第二把交椅。他見血如冰相貌美艷，沉穩冷酷，頗有江湖高人氣勢，又來自無道仙寨，血掮客的綽號也夠唬人，加上她師父知博老人形容猥瑣，但卻博學廣識，一副邪派高手的模樣，實在不敢小覷她了。他刀不出鞘，提在手裡，拱手抱拳，說道：「在下高勇龍，渾號『猛二刀』，奉敝寨寨主之令，請姑娘前去玄南山作客。」

血如冰問：「你說的這麼好聽，真的是請我去作客嗎？」

李雲天大笑：「作什麼客？當然剝光了大……」

另一名刀客一巴掌甩下去，打得李雲天臉頰腫起，連忙閉嘴。刀客喝道：「咱二哥跟人說話，你插什麼嘴？」跟著又對高勇龍道：「二哥，這女的長得好，可比咱們那位壓寨夫人標致多了。咱們捉了她回去，兄弟們有得樂了！」

高勇龍聽師弟說得這麼明白，也就不再裝模作樣，坦白說道：「血姑娘，咱們玄南寨挺好玩的。妳跟咱們回去，包管有妳樂的。」

血如冰尚未答話，知博老人的聲音自屋內傳來：「牡丹是我的。你們要打她罵她都行，就是別給我玩她！」

刀客說：「臭老頭，咱們愛怎麼玩就怎麼玩，你管得著嗎？」

曹諫大怒，喝道：「你們這些禽獸，說的是人話不是？去死！」

曹諫拔出短刀，衝向門口三人。李雲天尚未提槍，長槍已經讓人踩在腳下。曹諫一肩膀撞上李雲天胸口，隨即出刀攻向玄南山刀客。李雲天肋骨斷了幾根，躺在地上哇哇大叫。

刀客拔刀出鞘，施展飛鷹刀法，與曹諫連拚數刀。曹諫使的是祕笈上學來的玲瓏刀法。這套刀法招式上沒有飛鷹刀法威猛，但是出刀巧妙，變化繁複，若是練得熟了，足以跟飛鷹刀一拚。只可惜曹諫是無師自練，許多招式變化都難以參透，錯過好幾個取勝的機會。總算他內力強過對手，打到險處便以蠻力化解刀招，甚至還有餘力分心去打高勇龍。不過高勇龍內外功都強過師弟，只接了曹諫一刀，就打得他虎口巨震，短刀險些脫手。曹諫不敢繼續挑釁，開始專心應付刀客，只求盡快擊倒對方，與血如冰聯手對付高勇龍。

血如冰一副深不可測，緩緩走向高勇龍。高勇龍拔刀出鞘，如臨大敵。血如冰一聲嬌叱，奔到高勇龍面前，矮身刺他小腹。高勇龍橫刀招架，翻身迴旋，大刀拖曳弧光，砍向血如冰白皙後頸。血如冰身軀綿軟，似水一般掠過刀鋒，一個筋斗翻到對手身後，使出多年不曾習練的知博派「不博刀法」。知博派專作打探消息的生意，擅長夜行匿蹤、迷煙下毒之道。兵器功夫，便只兩套，一是「不博刀」，二是「不知劍」，取自《道德經》「知者不博，博者不知」之說。「不博刀法」用於正面應敵，「不知劍法」則重暗殺偷襲。把兩套武功融為一體，在正面應敵的同時暗施偷襲，便是知博派最高境界「綿裡藏針訣」。

血如冰自入無道仙寨以來，早已開了眼界，知道本門兩套武功都不是什麼上乘功夫，綿裡藏針訣更是入不了高手法眼。血掮客鮮少顯露功夫，平日家中練功，也是挑手上的武功祕笈來練，知博派的本門武功，早就讓她擱下。然而近日連番遭遇絕頂高手，見識到幾門絕世武功，血如冰眼界又開，對武學之道有了另一番見解。此刻施展不博刀法，從前連招不順的地方都變得行雲流水，一直讓她瞧不起的本門武功似乎沒有那麼不堪。就聽見「噹噹噹噹」四連響，跟著「唰」地一聲，高勇龍左腿讓她劃開一道口子。

高勇龍大喝一聲，揮動左手，拋出三枚鷹羽鏢。血如冰後退瀉力，短刀畫圓，將三枚飛鏢盡數擋下。血如冰心想：「這姓高的刀法不俗，臂力遠強於我。若是硬拚，我非輸不可。幸虧他內力平平，並非眞正高手，綿裡藏針訣當可應付得來。待我說點什麼，激他一激。」笑著說道：「高兄，你們要守株待兔，怎麼不多帶點人？就這麼點功夫，未免太小看咱們在無道仙寨裡做買賣的。」

高勇龍並不答話，收斂刀勢，不再搶攻。血如冰的綿裡藏針專等對手進攻，露出破綻時出招。如今對手採取守勢，她反而找不到機會出手。雙方各耍各的，兩把刀久不相交。血如冰心想：「這姓高的看似莽撞，其實思緒清楚。如此打法，等於破了我的綿裡藏針訣。我得想個辦法，引他出手才行。」

身側傳來慘叫，玄南盜匪左腳中刀，縱躍不便，眼看再過不久便會敗在曹諫手下。高勇龍心裡一急，出招加快，喝道：「知博老人，你再不出手，就別想玩你徒弟了！」

曹諫架開盜匪的刀，運起霹靂神掌擊中對方小腹。盜匪口吐鮮血，癱倒在地。曹諫轉身要去幫血如冰，突然背心一涼，毫無預警中劍。他反應神速，向前撲倒，著地打滾，終於看見偷襲自己的就是知博老人。老傢伙無聲無息，果然是暗算高手。

血如冰一驚，也不管綿不綿、藏不藏了，朝高勇龍胸口、腹部、下陰連出三刀。高勇龍手忙腳亂，畢竟是擋下來了。血如冰也不轉身，拔腿就跑，險險避開不知劍的偷襲，背貼院牆，面對高勇龍和她師父。

知博老人笑容和藹，語氣親切：「牡丹啊。今日妳已無勝算，還是放下刀，當個好孩子。讓師父疼妳呀。」

高勇龍側頭看他一眼，神色厭惡，不過沒說什麼。

血如冰冷冷說道：「我是來找你買消息，不是翻舊帳的。你定要逼我弒師，做個不孝罪人嗎？」

知博老人說：「妳不孝也不是一日兩日的事了。」

血如冰揚聲問：「曹諫？」

曹諫背後中劍，瞧不見傷口，但覺地上濕黏，只怕失血甚多。他刀尖抵地，撐著坐起，說：「我還活著。冰姊……宰了他們。」說完把手中短刀拋給血如冰。

血如冰雙手持刀，臨危不亂，同時朝兩名對手出刀。高勇龍有了幫手，精神大振，再度開始搶攻，當場又受制於綿裡藏針訣，持刀之手差點受傷。知博老人年老力衰，避免正面交鋒，專以不知劍的陰毒招式偷襲。此番三人混戰，血如冰大部分在接高勇龍的刀招，但真正危險的還是知博老人的暗劍。酣鬥之間，高勇龍使了個飛鷹展翅的勢子，凌空撲擊而下。血如冰見他刀勢沉重，猛不可擋，連忙雙刀相交，高舉過頭，露出脅下好大的破綻。知博老人見機不可失，連忙使出不知劍的絕招「知機莫言」，以右手長劍封住對手所有反擊套路，左手捏劍指，疾點血如冰胸口大穴。

此行巴州城，血如冰並未料到會這麼快遭遇飛鷹刀法，但對付她師父的法門早就在她心中反覆演練無數遍。自從開打以來，她始終以師門功夫應敵，就是不要讓她師父知道她學過其他功夫。這時一見師父使出「知機莫言」，血如冰立刻變招，著地翻滾，全力施展玲瓏刀法中最像絕世武功的招式「千刀萬剮」。

知博老人預料血如冰就算來得及變招，也不過是不博刀法中對付知機莫言的三種變化，哪裡想得到突然間四面八方都是刀光。他渾身劇痛，也分不清楚何處中刀，當場摔倒在地，眼看身上好幾處傷口噴出鮮血。

血如冰拋出雙刀，擊開高勇龍的大刀，趁勢欺到他面前，使出霹靂神掌中的「晴天霹靂」。高勇龍胸口中掌，口吐鮮血，飛身而出，在牆上撞得腦漿迸裂，倒地前便已死去。

這幾招全力施爲，耗盡所有力氣。血如冰雙手顫抖，虛脫無力，撿起地上一把短刀，搖搖晃晃來到師父面前。

「我本來只想割下你的卵蛋，懲處你的罪孽。」血如冰刀尖抵地，蹲在他面前。

「但你自己找死，可怪不得我了。」

知博老人邊笑邊咳血：「牡丹花下死，做鬼也風流。師父這輩子，有妳不枉了。」

血如冰說：「你不配當我師父。」說完對準知博老人下體一刀插下，不再拔出。知博老人抽搐幾下，就此死去。

血如冰來到曹諫身旁，檢視他背上傷勢。那劍刺中右背，傷口血流不止。血如冰脫下曹諫衣衫，撕成條狀，圍著胸口綑了好幾圈。曹諫說：「冰姊好厲害，果然是深不可測的絕頂高手。」

血如冰打結布條道：「你傷得不輕，留點力氣，別開玩笑。」她走去柴房，推出一輛雙輪推車，把曹諫搬上車躺好。「巷口就有醫館，你不會有事的。」

「冰姊，」曹諫奮力伸手，握住血如冰左手。「老畜牲死了。從前的事情，妳就別再放在心上了。」

血如冰見他面無血色，卻毫不關心自己死活，只在乎她的感受，忍不住落下淚來。曹諫滿臉歡喜：「得見冰姊為我落淚，我死而無憾。」

「閉嘴。」血如冰掙脫他的手，握住車把。「我不會讓你死的。」說完推著曹諫奔向巷口醫館。

第十六章 入匪寨

血如冰將曹諫送去醫館，拋下五十兩銅錢。那醫生眉開眼笑，說道：「姑娘放心，小的定當全心……」血如冰插嘴：「他死了，你也別想活。」說完又跑出醫館，奔回知博派。

李雲天和玄南山盜匪身受重傷，舉步維艱，正在門口奮力爬上血如冰和曹諫的馬。血如冰吹聲口哨，她的馬人立而起，當場把李雲天給摔回地上。李雲天斷了幾根肋骨，給這麼一摔，痛得死去活來，大叫饒命。

血如冰一手一個，將兩人拖回知博派，關上大門，惡狠狠地瞪視他們。李雲天痛得眼淚直流，搖首乞憐道：「血姑娘，妳菩薩心腸，饒了小人吧！」

血如冰冷冷說道：「我血掮客出名的心狠手辣，什麼時候菩薩心腸？」

李雲天泣道：「姑娘天仙般的人物！小人這條狗命，怎麼好玷污姑娘玉手？」

血如冰哼了一聲：「殺個把人又不算什麼，這可是你自己說的。」

李雲天噗嚓一聲，屁滾尿流。血如冰不再理他，目光轉向玄南山盜匪。那盜匪腹部中掌，腸胃移位，口中不斷冒血，衣襟一片血紅，也不知道五臟六腑哪裡給打壞了，端的是奄奄一息。血如冰以膝蓋頂他，見他睜開雙眼，便問：「你也討饒嗎？」

盜匪緩緩搖頭。

血如冰道：「報上名來。」

盜匪忍痛咬牙道：「吳緣。」

血如冰點頭：「聽說過。你綽號『斬緣刀』，有點俠名。聽你適才說話，不像俠義道。」

吳緣說：「既已落草爲寇，什麼俠不俠的，早已拋在腦後。姑娘擔心我們通風報信，這就殺了我們滅口吧。」

血如冰抱著滅口之心而來，見兩人毫無反擊之力，一時下不了手。她問：「你落草爲寇，可有苦衷？」

吳緣苦笑：「我殺過無辜之人，淫過清白女子。姑娘又何必在乎我有沒有苦衷？這世道，好人淪爲盜賊，只需一日倒楣。動手吧。」

知博派設有地牢，用以嚴刑逼供、套問消息。血如冰怕把人關入地牢，無人發現，就此餓死，於是將兩人丟入柴房，取三簧鎖鎖門。柴房門不牢靠，武人一撞便開，但兩人身上有傷，暫時是出不來了。

血如冰牽馬回到醫館，確認曹諫傷勢。醫生愁眉苦臉道：「姑娘，血是止住了，也敷了巴州城裡最好的藥。但那傷口很深，傷及肺葉。能否痊癒，還看這位公子的造化。」

血如冰來到病榻之前，握起曹諫右掌。曹諫強顏歡笑，說道：「他叫我公子。」

血如冰也笑了笑：「曹公子。」

曹諫道：「曹公子福大命大，休息幾天就沒事了。可惜無力陪冰姊去做好事。務必小心。情況不對，不可逞強。」

「放心。我對自己的命看得也是挺重的。」

□

血如冰把曹諫的馬留在醫館，換上夜行黑衣，騎馬出城，向東而去。騎出十里之外，天色已近黃昏。道上往左是入山小徑，往右卻是一座農村，多半便是草田村。血如冰本不想與草田村民接觸，偏偏望見村中冒出濃煙，村民奔走，呼天搶地。血如冰拉轉馬頭，馳向村口，只見鄰近村口的兩間房舍火舌吞吐，熱風騰騰，數十村民忙著提水救火。空地上躺了兩名滿身鮮血的男人，身旁各有家眷哭泣。

血如冰翻身下馬，大聲問道：「出了什麼事？需要幫手嗎？」

人群中有人大叫：「救火！救火！」

火場亂成一團，血如冰想幫也不知該從何幫起。四下張望之餘，見到有名村婦抬水奔來，模樣吃力，便跑過去幫她一起抬水救火。如此忙碌小半時辰，終於將火撲熄，沒有蔓延全村。所有人癱在兩間焦黑廢墟之外，虛脫無力，氣喘吁吁。原先在死者身旁嚎啕大哭的女子，也隨著火勢漸歇安靜下來，變成輕聲啜泣。

隨血如冰一同救火的村婦回到自己家中，端來一大碗水遞給血如冰。「多謝姑娘仗義相助。」

血如冰大口喝水，喝完才問：「敢問是怎麼回事？是有賊來村裡殺人放火嗎？」

那村婦心力交瘁，突然流下淚來，泣道：「姑娘聰明，一猜就中。咱們村子過去幾個月來一直受到盜賊侵擾。後來咱們聯合鄰近村子，一同籌錢去僱人幫忙剿匪。此事不知如何，讓山中大王知曉，他們今日便來村中殺人放火，說是小小懲戒。」

旁邊有位壯丁突然罵道：「說什麼籌錢僱人，幫手卻遲遲不見！我看王阿牛八成把錢吞了！」

血如冰轉過頭去，欲言又止。她想告訴大家王阿牛的死訊，但這麼做就得承認自己便是僱來的幫手。此刻村民義憤塡膺，她可不能說她剿不了匪，只打算救壓寨夫人。

村婦搖頭：「阿牛哥最老實了，不然大家怎麼放心把錢交給他？況且如花都讓賊人抓走了。他爲了救如花，一定盡心盡力。」

壯丁氣道：「他人都跑了，妳還幫他說話？說什麼僱到血揹客，人呢？那姓血的呢？媽的，有人姓血嗎？擺明唬人嘛！」

死者旁的女人啞著嗓音喊道：「我們家小虎死得好慘呀！你們就只會袖手旁觀，屁都不敢放一聲！如此任人欺凌，還算人嗎？我要是王阿牛，我也拿錢跑啦！這是什麼村子？你們什麼鄉親？他們都殺三個人了！你們要忍到什麼時候才肯反抗？」

先前那壯丁說：「虎嫂，妳怎麼這麼問？大夥兒當初不是講好了嗎？」

血如冰低聲問村婦：「講好什麼？」

村婦低頭慚愧：「倘若盜匪殺了五位村民以上，我們就反抗。」

血如冰難以置信，瞪大眼看著她。

死者旁的女人怒吼：「好哇！一定要死五個人，是吧？還差兩個，是不是要挑挑誰去死呀？下回賊要殺你，你就給我伸長脖子讓他殺！反正還不到五個人嘛！」

壯丁爲己開脫：「虎嫂，我們也是爲了村民好……」

虎嫂突然大叫一聲，抱起身邊的小孩，罵道：「差兩個人是不是？我成全你們！」說完奔向村口土牆，竟要帶孩子撞牆自盡。

血如冰發足狂奔，在最後關頭將虎嫂和小孩撞向一旁。虎嫂擦傷了臉，小孩則嚇得嚎啕大哭。虎嫂一看救自己的是個不認識的外人，苦澀哭道：「姑娘，妳救我做什麼呢？我死了丈夫，不想活了！他們還要再死兩個人才要去打土匪！妳就讓我成全他們吧！」

血如冰搖頭：「這位大嫂，妳傻啦。就算集滿五人，他們也不會反抗的。妳在全村面前自盡，只有我一個外人來攔妳，這還不夠明白嗎？」

先前的壯丁大罵：「哪裡來的野婆娘？瞎扯什麼鬼話？咱們村裡的事，輪得到妳指指點點嗎？」

血如冰指著他的鼻子問：「你是說只要集滿五人，你們就眞的會去打土匪？」

壯丁理直氣壯：「當然！我們說好了嘛！」

血如冰冷笑一聲：「好，那就讓本姑娘殺兩個人，好讓你們去打土匪！」

血如冰上前一步，壯丁不由自主後退一步。他揚手道：「妳又不是玄南山盜匪，怎麼算數？」

血如冰說：「姑娘是欲峰山無道仙寨來的。我說算就算！」

那壯丁也不怕她女流之輩，要狠說道：「妳當我們草田村好欺負嗎？」

血如冰大笑：「殺人放火都不還手，不欺負你們，欺負誰呀？」

「臭婆娘，眞道我們怕了妳？」壯丁揮手大喝。「大家一起上呀！抓了她，送給玄南山大王！」

村民害怕玄南山盜匪，可不怕嬌滴滴的大姑娘。他們飽受欺壓，又怕又怒，早就憋不住了。如今一看有個賤嘴女人討打，紛紛迎上前去動手。血如冰不在乎一兩名村野匹夫，但十幾個大男人一擁而上，她無論如何不能是對手。不過她也不特別懼怕，畢竟這是一群只要不死到自己頭上都不敢反抗的傢伙。

她一個箭步搶到領頭壯丁面前，見對方朝她揮拳，一把扣其手腕，反身帶動對方身軀，掠過肩膀摔在地上。她翻身滾了兩圈，右手始終握著壯丁手腕，痛得他哇哇大叫，拚命跟著血如冰滾。血如冰拖著殺豬似大叫的壯丁退開幾步，隨即拔出短刀，插入對方大腿。壯丁痛得眼淚直噴，大叫饒命。

其他村民嚇得傻了，全部停在原地，動都不敢動。

血如冰自壯丁腿上拔出短刀，提到他頸前來回比劃，對僵在面前十幾位草田村民道：「我殺了他，便只差一人。誰讓我抓到，算誰倒楣。」

眾村民一聲發喊，落荒而逃，不是散入樹林，便是躲回家中。轉眼間空地上便只剩下血如冰、領頭壯丁及虎嫂母子。血如冰放開手，壯丁摔倒在地，嘴裡還不停道：「女俠饒命，女俠饒命！」

血如冰踢他一腳，搖頭說道：「你那些鄉親若真一起上，我小小弱女子哪裡能是對手？但他們就不敢。死的是你，又不是他們。你說是吧？」

壯丁眼淚鼻涕直流：「請女俠饒命！饒了我這懦夫！」

血如冰不再理他，轉向虎嫂道：「嫂子，收拾收拾離開吧。這村子沒什麼好留戀的。」

虎嫂點了點頭，沒說什麼，帶孩子回家去收拾行李。

□

血如冰離開草田村，憑著月色入玄南山。她越走越不情願，心想：「人不自助，天誅地滅。草田村那些傢伙甘願爲奴，我又爲他們出頭什麼？如今雇主死了，錢也收了，死無對證，換作從前，我早跑啦！」王阿牛死前的模樣歷歷在目。要不是她派李雲天去草田村索財，王阿牛也不會橫死街頭。血如冰暗自嘆息，無奈想道：「良心此物，害人不淺。乖乖當我那心狠手辣的血捐客，不就什麼事都沒了？」

不多時來到撐天柱。血如冰放輕步伐，隱身樹後，探頭出去偷偷打量。知博老人說往北一里便是匪寨，盜匪若夠謹慎，定會在此地放哨。血如冰觀察片刻，瞧不出端倪，矮身撿塊小石，朝左拋出，擊中三丈外的樹幹。右邊某棵樹上陰影晃動，有人探頭。血如冰冷冷一笑，躡手躡腳繞過衛哨。

一路向北，途中又路過兩處放哨，終於看見火光，來到一面木牆山寨寨門之外。血如冰躲在暗處，觀察牆上衛哨，心想：「師父說全寨三十二人，輪班多處哨所，警戒未免太過森嚴。看來還是給我血捐客面子了。」

玄南盜匪新進落草，匪寨尚未修建完成，雖有木柱圍牆，圍得卻不完全。血如兵繞著匪寨走一圈，挑選貼近山壁的一道缺口。該處缺口隱密偏僻，遠離寨內房舍，僅有一人把守。血如冰貼壁掩近，內心忐忑，深怕讓衛哨搶先察覺。來到近處，愣了一愣，原來那放哨的靠著山壁在打盹。血如冰四下打量，確認無人，拔出短刀，架上匪哨脖子，一把捂住他嘴巴，輕聲道：「無道仙寨血揹客，聽說過嗎？」

匪哨瞪大雙眼，神色恐懼，連忙點頭。

「我問你話，老實回答。若有半句虛言，死無葬身之地。」血如冰放鬆對方嘴巴，問道：「草田村擄來的壓寨夫人，你們關在何處？」

匪哨指向主寨。

血如冰皺眉：「沒有關在西側牢籠？」

匪哨說：「寨主說那騷婆娘聽話，不必關了。」

血如冰甩他一巴掌，又問：「寨主又在哪裡？」

「也在主寨。」

「你們深夜不睡覺，放這麼多哨做什麼？」

匪哨滿臉無辜：「我有睡呀。是讓姑娘叫醒的。」見血如冰神色不善，連忙又道：「寨主得到消息，無道仙寨血揹客即將率眾攻打本寨，要咱們提高警覺，輪班站哨。」

血如冰微感得意，好奇問道：「敵寨來攻，攸關生死。你怎麼睡得著？」

匪哨嘆道：「好姑娘，評評理。全寨三十來人，寨主開了二十四哨。一人兩班都不夠輪了。如此鬧了一天，能睡不著嗎？」

「有理。睡吧！」

血如冰刀擊後頸，將其打暈，坐倒在地，遠看像是在偷懶打盹的模樣。夜深人靜，寨裡的人累了一天，多半不會理他偷懶。血如冰輕手輕腳，溜向主寨。那主寨十分簡陋，比起其他房舍，就是大一些，堅固些，也談不上氣不氣派。草創期間，一切從簡。血如冰推開主寨屋後一扇窗，眼看窗內無火光，當即爬入屋內，輕輕關窗。

房間狹小，家具簡陋，但看得出是女子臥房。桌上放有銅鏡，還有梳妝用品。血如冰想：「這陳一刀對壓寨夫人挺好的呀。我本道陳一刀武功高強，匪寨定然華麗囂張，想不到竟如此窮酸。也是，他草創期間，實力有限，只能搶搶草田村那種地方，能有多少油水？蓋出個匪寨雛形，已算難得。」

她正要推門出去，卻聽走廊另一端傳來開門聲。有個粗獷男子嗓音問道：「如花，妳可別去太久呀。」跟著有名女子嗓音嬌膩笑道：「大王放心，奴家惦記著你，去不久的。」

血如冰聽那女子赤足走近，連忙退至門後。房門開啓，一名僅著肚兜短褲的女子哼著小曲，輕快步入，坐在桌前，拿胭脂水粉在臉上補妝。血如冰輕輕帶上房門，來到女子身後，出手捂住她嘴，輕聲道：「別作聲。我是來救妳的。」

那女子自是壓寨夫人如花。她深夜在自己房裡遭人挾持，嚇得不住哇哇叫。血如冰拚命按著她口鼻，深怕再用力下去她會昏死過去，急著在她耳邊道：「冷靜。我不是壞人。只要妳不叫，我就放開妳。」

如花掙扎片刻，似乎終於聽懂她的話了，慢慢冷靜下來。血如冰等她不再出聲，便放開捂住她嘴的手。如花轉過身頭去看血如冰，臉上的妝都讓她弄花了。如花見是沒見過的女人，深吸口氣問道：「姊姊是誰，爲何救我？」

血如冰不願拖延，簡短回答：「是王阿牛託我救妳。」

「阿牛哥？」如花訝異。「阿牛哥還好嗎？」

「他死了。」

如花倒抽一口涼氣。

「事不宜遲，我們趁夜離開。」

血如冰牽起如花的手，往窗口走去。如花掙脫她。

「我不走。」如花說。

「不走？」血如冰問。

「阿牛哥都死了，我回去幹什麼？」如花搖頭道。「我在這裡吃好的，穿好的。活了二十年，沒穿過這種絲綢，上過這等胭脂。妳要我回草田村做什麼？另外再找個男人嗎？草田村那些男人算是男人嗎？比得過我們大王嗎？」

血如冰心想草田村那些男人確實不算男人，說道：「王阿牛因救妳而死，切勿辜負他一番心意。」

「什麼心意？還不是出於歉疚？」如花越說越大聲。「大王抓我走時，他有說過個不字嗎？他連吭都不敢吭一聲！就算他此刻在我面前，大王讓我跟他回去，我也不會走的！姑娘莫說我勢利，這可是他先負我！人生在世，也就是求一點好日子。我過得比以前好。我不要回去了。」

血如冰完全了解如花的想法，也認同這種自我爲尊的價值。倘若她數日前沒發現孫紅塵的屍體，難保不會想放棄掮客居的一切，就這麼跟趙言嵐跑了。但了解歸了解，她就是覺得很悶。她想著王阿牛死前的模樣，想著師父淫賤的嘴臉，想著草田村民懦弱的表現，咬牙說道：「我搞這麼多究竟所爲何來？這世間還有道理可言嗎？」

「道理很簡單。」如花說。「每個人都有其生存之道。每個人都在努力活下去。」

血如冰突然轉頭看她，突然有種大徹大悟之感。如花的道理，正是她血如冰從前的處世之道。

「姊姊，我很感激妳來救我。」如花冷冷道：「但是妳多管閒事，可怪不得我。」

血如冰問：「怪妳？」

如花邊往房門退去，邊說道：「我是大王的人，當爲大王分憂解勞。妳威脅玄南山寨，就是威脅我的好日子。我不能讓妳活著離開。」血如冰震驚看著如花大叫：「來人呀！血捎客在此！快來人呀！血捎客來啦！」

血如冰舉起短刀，想要殺了如花，畢竟還是遲疑。她退到窗口，說道：「路是妳自己選的。好自爲之。」說完跳窗出去。

匪寨之中，火把晃動，到處都有人朝主寨奔來。血如冰看準樹下陰影，溜過去躲在暗處，想不到才剛蹲下，陰影已讓火把照亮。血如冰連忙轉身，只見面前一名壯漢，左手拿著火把，右手舉起大刀，一邊砍落一邊大叫：「在這裡了！」

血如冰縱身閃躲，只盼此人是一般匪眾，不是飛鷹宮的人。待認出對方使的是飛鷹刀法，不是數招之內可以取勝，血如冰立刻向後躍開，轉身逃跑。她衝向來時缺口，只見有人持火把蹲在昏倒的匪哨身前搖他。那人聽見血如冰身後的盜匪叫喚，連忙起身，舉刀奔向血如冰。幸好這傢伙是一般匪眾，沒練過多少功夫。血如冰刀一架，腳一拐，當場放倒盜匪。然而就這麼緩得一緩，身後的盜匪已經殺到。

血如冰舞動短刀，展開玲瓏刀法，出招又快又巧，轉眼連劈七刀。那盜匪是高勇龍的師弟，武功遠遠不及，登時被劈得手忙腳亂。接到第七刀時，他右腕中刀，大刀落地，驚慌之間朝血如冰拋出火把。血如冰踢開火把，轉身衝出圍牆缺口。

玄南山大王陳一刀穿好衣衫，拔出寶刀，率眾追趕而來。

血如冰在樹林中奔走片刻，始終甩不開身後十丈外的火把。她一整日奔走打鬥，身體早已疲累，在此雜草叢生的密林中逃命，簡直寸步難行。她強逼自己一步一步跨出，四下尋找可供藏身之處，但終究四周太黑，追兵又跟得太近而難以藏匿。沒過多久，血如冰被腳下樹根絆倒，爬起身時，已有火光照亮她身影。

「瞧見她了！」有人叫道。

血如冰看準眼前兩棵相距極近的大樹，提氣躍起，在兩樹幹間左右借力，意欲藏身陰暗枝葉之中。正要踏上一根胳臂粗細的樹枝，突然「唰」地一聲，腳下疾沉，那樹枝讓人整根砍斷。血如冰摔在地上，翻身而起，看見一名三十來歲的大漢飄然落地，手中大刀在四周火把照耀下金光四射，氣勢著實不凡。

那人將寶刀扛在肩上，低頭看著血如冰，笑道：「在下玄南山大王陳一刀。敢問姑娘何人？深夜駕臨敝寨，有何見教？」

血如冰道：「我叫血如冰。渾號血揹客。受人之託，前來營救村女如花。結果是我多事，如花姑娘根本不要我救。我這就要去了，大王不必攔我。」

陳一刀搖頭：「血姑娘這麼說就不對了。據我所知，人家花錢託妳幹的是要剿滅咱們玄南寨呀。」

血如冰理直氣壯：「五十兩啊！誰會收五十兩去剿滅匪寨呀？再說，陳大王武功高強，威名遠播。光是要對付你，價錢便不只五十兩啦。」

陳一刀目光垂向血如冰胸口。她身穿夜行黑衣，衣襟上的肌膚顯得格外白皙。陳一刀吞口口水，獰笑道：「人家說血揹客是無道仙寨美女榜上有名的人物，今日一見，秀色可餐。我那壓寨夫人風騷十足，就是太聽話了，不夠潑辣。不如請血姑娘跟我回去，大家調劑調劑。」

血如冰故作羞澀，低下頭去，斜眼看他，說道：「聽說陳大王落草之前，頗有俠名，曾在劍南道救過大善人秦員外的閨女，名動江湖。怎麼幹起盜匪之後，就變成好色之徒了？」

陳一刀哈哈大笑，四周匪眾也跟著大笑。他說：「秦員外的閨女事後以身相許，讓我初識人間仙境，探訪極樂世界。血姑娘就別裝羞澀了。我瞧妳這樣兒，也不是在室的。我陳一刀綽號大鵰陳，用過的女人都說好！保管妳欲仙欲死，捨不得下床！」

四周淫笑不斷。眾匪躍躍欲試。

血如冰深吸口氣，目光在四周的黑暗中打轉。此刻身陷絕境，她心裡有個不爭氣的想法，竟希望趙言嵐能夠突然出現，英雄救美。不然，莊森也行。要是從前的她，就是跟了陳一刀去，也沒什麼。陳一刀武功雖高，在江湖上也稱不上是一流高手。若是趁他欲仙欲死，取他性命，多半不會是什麼難事。但如今的血如冰已不願如此作賤自己，不再是從前那個爲了生存不擇手段的女人。良心此物，害人不淺。血如冰不確定自己會不會死在這裡。

血如冰短刀平舉，拉開架式，說道：「要本姑娘上你的床，還得看你有沒有本事。」

陳一刀搖搖肩上金刀，不把血如冰當一回事。「據說血掮客武功深不可測。今日倒要見識見識。」

血如冰見他小看自己，心裡有氣，說：「據說陳大王的飛鷹刀法出類拔萃，不知跟那高勇龍比起來如何？」

陳一刀皺眉問：「高師弟怎麼了？」

「死了。」

群盜譁然。陳一刀臉色一沉，舉起金刀，喝道：「來吧！」說完掄刀成圈，一道金色弧光竄向血如冰。

眼看對方刀勢沉猛，血如冰不敢硬接，但又不願一開打就示弱，於是使出玲瓏刀法中專門旁敲側擊的「巧玲瓏式」，連閃帶退，同時短刀側擊金刀，發出金鐵交擊聲響。如此噹噹噹噹交手數招，血如冰閃得吃力，架得手痠，已經知道陳一刀的刀法遠勝高勇龍，勉強可算是梁王府寒刀眞人那等級數的高手。陳一刀刀勢威猛，出刀快捷，同樣的刀招在他手中施展出來，硬是比高勇龍快上一倍，打得血如冰玲瓏刀法的優勢完全施展不開。她心知自己毫無勝算，只想謀求脫身之策，但在對手快刀之前，完全無計可施。

陳一刀冷笑一聲，說道：「血捐客好大名頭，原來不過如此。」

血如冰心想：「果然吹捧出來的名頭一戳就破。若能活過今日，日後我必當勤加練功！」她看準機會，踏入對方出招盲點，使出對付她師父時用過的絕招「千刀萬剮」。短刀反映火光，彷彿自四面八方砍向陳一刀。

陳一刀喝道：「雕蟲小技！」金刀後發先至，在眼花撩亂的刀光之間直取血如冰肩窩。血如冰閃避不及，左肩中刀，劇痛下力聚短刀，近距離擲向陳一刀面門。陳一刀大駭，匆忙閃躲，左掌狠狠擊中血如冰心口。血如冰如斷線風箏般飛身而出，墜入漆黑草叢之中。

血如冰內外皆傷，神智迷糊，依稀聽見陳一刀下令：「抓回來。」她口吐鮮血，右手掙扎，想抓點石頭或樹枝之類的充當兵器，想不到身體傾斜，下沉三分，原來她摔在一道陡坡頂，上身卡著樹幹才沒滾下去。林頂茂密，不透月光，一時也看不清楚坡有多陡。她心想這一滾下去，九死一生，不如就隨陳一刀去了。那如花是庸脂俗粉，不及自己萬一，搶她的壓寨夫人來做不過舉手之勞。之後找機會幹掉陳一刀，自己來當玄南山女大王，倒也不失爲安身立命的好辦法。

趙言嵐沒來救她。她好期待他會來。

血如冰閉上雙眼，使勁一推，滾下陡坡。沿途撞上好幾棵樹和大石，渾身骨頭都像要散了般。最後她嘩啦一聲，滾入山澗，眼前一黑，就此人事不知。

第十七章　明月

不知過了多久，血如冰感到身軀漸暖，左手痲痺消退，似是有人大力搓揉。她試圖睜眼，但眼皮重若千斤，說什麼也睜不開。迷糊間聽見有道女子嗓音道：「……別動……休息……」

再次醒轉時，血如冰感到一股暖意透過左掌傳入體內，胸口積蓄的鬱悶感逐漸紓緩。水聲汩汩，蟲鳴鳥叫。她知覺漸復，左肩刀傷越來越痛。接著喉頭一甜，吐出瘀血，她終於睜開雙眼，發現天早亮了，只是烏雲密布，自己躺在河床草地上，身旁依稀有道黃衣身影。

血如冰奮力轉頭，看向左肩傷口，只見香肩裸露，傷口上不知抹了什麼，纏有一塊白布。她低頭一瞧，發現自己赤身裸體，身上蓋了件衣衫。她大吃一驚，身上突然有了力氣，掙扎要起身。接著她感到左手一緊，才知道有人握著自己左手。她虛弱驚叫，使勁往右側爬，卻發現不到半丈外生了堆火，自己的衣衫都用樹枝掛在火上烤乾。

「血姑娘莫慌。是我，上官明月。」

血如冰聽到身邊之人是女子，總算冷靜了些。她伸右手揉揉眼睛，終於看清那人果然是上官明月。上官明月僅著輕薄內衫，外衫脫下來蓋在血如冰身上。她握著血如冰左手，正自緩緩運功助其保暖。她說：「血姑娘，妳泡在山澗中，衣衫濕透，身體失溫。我除下妳的衣物，幫妳舒筋活血。不必慌張，就我一個人，附近沒男人。」她扶血如冰坐起，換位到她身後盤腿坐下，雙掌貼她背心，運功幫她禦寒兼療傷。

「是上官姊姊救了我？」血如冰問。「姊姊為何來玄南山？」

「怎麼這麼問？」上官明月揚眉。「不是妳託我來此剿匪嗎？」

血如冰訝異：「妳就眞的來了？我以為妳只是隨口答應，應付一下。」

上官明月笑道：「姊姊是有頭有臉的人物，答應的事，豈能不做？倒是妳，怎麼這麼傻？一個人跑來？陳一刀武功不弱，妳該有自知之明才是。」

血如冰愣愣問道：「姊姊不也一個人跑來？」

上官明月搖頭：「我去巴州刺史衙門找符道昭，跟他要了十二名捕快一起來的。剿匪怎麼能一個人來？」

「但……」血如冰皺眉，「王阿牛說刺史衙門不肯派人？」

上官明月道：「當官的是這樣的。百姓找他不派人，我去找他就派了。」

「那些捕快人呢？」

「本來在山裡搜尋妳的下落。」上官明月答。「我找到妳後，就讓他們押解盜匪回巴州了。妳傷重又失溫，我留下來現地處置。」

「押解盜匪回巴州？」

上官明月點頭：「那陳一刀是個色鬼，一見面就要抓我當壓寨夫人。我出手制伏他，其他盜匪棄械投降。」

血如冰胸中殘餘瘀血都讓上官明月逼了出來，自其嘴角緩緩流出。血如冰問：「那不是姊姊一個人去就行了？」

上官明月笑：「那不成。我一個人怎麼抓得了三十來人？總不成把他們通通殺了。姊姊是俠義道，不亂殺人的。」

血如冰心裡浮現心灰意冷的感覺。「原來我忙了半天，命都差點賠上，不但徒勞無功，還都是瞎忙。我好好待在無道仙寨裡，事情一樣是解決了。」

上官明月捏捏她肩膀，說道：「妳爲了救人，明知凶險，還是來了。這份勇氣，姊姊佩服。那晚在山洞外聽妳跟莊師兄說話，我本來還有點瞧妳不起。」

血如冰慚愧：「跟莊大俠同行數日，我……想法有些變了。」

「是啊……」上官明月微笑。「莊師兄就是這樣的人。」

血如冰緩緩伸手，握住上官明月自身後搭在自己肩上的玉手。她突然覺得這手好溫暖，好安全，好像上官明月眞是她自己從未有過的姊姊。她想起這幾日所發生的一切，趙言嵐、孫紅塵、陳一刀，還有她師父。她突然覺得悲從中來，而身後的女人彷彿是她這輩子第一次遇到想要傾訴心事的人。她潸然淚下，叫聲：「姊姊！」然後哭到泣不成聲。

上官明月手足無措，呆了片刻，往前坐到血如冰身旁，將她摟在懷裡，輕拍安撫。

血如冰一直哭，一直哭。她告訴上官明月自己過往的委屈、此刻的無力、日後的茫然。她哭到虛脫無力，只想躺在上官明月懷裡，永遠不要起來。她說：「我想當好人，但當壞人好輕鬆。會不會在這個人吃人的江湖，好人壞人並沒有那麼大的分別？我想要救人，卻也好想等人來救。苦海中想找輕鬆的出路，有什麼不對？我想愛人，但從前的事讓我對男人保持戒心，甚至刻意逼走喜歡我的人。好像我配不上幸福，配不上美好。我殘缺，不知道怎麼找回完整。天下之大，似乎無我立足之地。」

上官明月安慰孩子般輕撫她的秀髮，彷彿在安慰從前的自己。流水汩汩，蟲鳴鳥叫，火焰燃燒，微風輕送，她輕聲嘆道：「我的境遇跟妳大不相同，遇上了天底下最好的師父。我從小就愛煞了他，發誓此生非他不嫁。」她苦笑，但笑聲中又藏著甜蜜。「很傻，我知道。小丫頭的傻念頭。」她深吸口氣，又道：「後來師父過世了，我還是無法打消這個念頭。趙師弟追求過我，莊師兄也對我很好。但他們又怎麼能跟我師父相提並論？」

血如冰抬起頭來，見上官明月目光含淚，訝異道：「姊姊……」

上官明月說：「我這份心思，放在心裡，不敢對任何人說。但終究還是讓朝夕相處的同門師兄弟看出來。師娘不高興了，把我調離總壇，外放到長安分舵。她拆散我和師父，不讓我們見面。我從此恨透了她。」

「呃……姊姊……」

「天下之大，卻無我立足之地。當時我就是這麼想的。」上官明月說。「但我如今知道，當初若沒有離開總壇，我就不是今天的上官明月。妳愛過的人、恨過的人，事過境遷，都是過客。他們不再能影響妳，但若沒有他們，妳也不是今天的自己。」

血如冰說：「今天的我，活得很窩囊。」

「那便窩囊，誰沒窩囊過？」上官明月說。「妳知道當好人比當壞人難。救人比被救難。愛人比被愛難。就這樣，很好呀。天下無難事，只怕有心人。那些事再難，也不是辦不到。到頭來，都是妳自己選擇要不要去做罷了。窩囊可以是一時的，也可以一輩子。決定在妳。」

血如冰坐直身子，不再賴在上官明月身上。「姊姊說的，我理會得。只是我第一次發願救人，便鬧得灰頭土臉。說不灰心，是騙人的。」

血如冰身體回暖，上官明月自懷中取出金創藥，開始幫她塗抹渾身擦傷。「人不能失敗一回就心灰意冷。下回不要再鬧得灰頭土臉便是了。身上還有哪裡痛？」

血如冰不好意思，接過金創藥瓶道：「我自己擦就是了。」她背轉身去，撩開上官明月的外衫，塗抹胸腹大腿上多處擦傷。她將藥瓶及外衫還給上官明月，起身走到火堆旁去拿自己的衣衫。衣衫尚未乾透，她也不以為意，穿著起來，繼續烤火。她站在火堆前，抬頭看向滿天烏雲，也不知會不會下雨。她說：「昨晚生死交關，我不知為何，一直期盼著趙公子會來救我。」

上官明月穿回外衫，正自理衣襟，聞言大樂：「那看妳是要繼續期盼，還是做點什麼了。」

血如冰搖頭問道：「姊姊，我自覺人生各方面都糾纏打結了，爲何妳能如此坦然面對一切呢？」

上官明月摟著她道：「日子要過呀。妳可以怨天尤人，也可以想辦法解開所有糾結。我選擇解開糾結。」

「嗯……」血如冰輕輕點頭。「知道了……我知道了。」

雲破天開，陽光撒落。紅塵之中，都是俗人。

《紅塵案》完

後記

「我想人在開始做壞事前都是好人。」

血如冰一句感慨，道出亂世悲歌。不同年代的武俠小說，總能反映出創作者身處社會的整體風氣和價值觀。如今這個年代裡，好人走著走著就可能壞掉。就算你能問心無愧，江湖上也總有一些人能把你說成毒蛇猛獸。任何事情都有兩派以上說法，任何人都同時是好人也是壞人。整個江湖好像分裂了般，就像漫威世界中的多重宇宙，只是正常角色和黑化角色同時存在於一個宇宙，彷彿宇宙本身精神分裂。

在如此魔幻的現實裡，我筆下的江湖實在很難出現絕對正義的主角。莊森盡力了，但有時連他也不禁覺得，他只是憑著天下無敵的絕世武功強把自己的正義加諸在別人身上。

透過血如冰這個底層人物來看待《左道書》的亂世江湖，其實一直是我想要描寫的視角。她爲了生存，不擇手段；遇上趙言嵐坐實她的看法，讓她更加憤世嫉俗；遇上莊森又讓她看到亂世希望，即使她完全抱著不信任的態度看待他。當事件結束，她回歸正常人生，卻發現自己不再喜歡從前的自己。正義與善良在她心裡紮了根。就算能力不足，她也必須去做對的事。當然，如果眞的辦不到，那也就摸摸鼻子算了。畢竟她不是大俠莊森，不必把國家大事扛在肩上。似她這種凡夫俗子，盡力而爲，也就是了。

紅塵之中，都是俗人。

另外花絮一下。《紅塵案》是我第一部先寫劇本，後寫小說的故事。寫劇本是爲了參加文化部優良劇本獎，因爲現代作家就是必須轉型。可惜沒入圍也沒得獎，應該是我不擅長寫劇本，也可能是武俠劇本缺乏文化部強調的「可拍性」。劇本交稿之後，我緊接著開始寫小說。小說補完了許多原本的不足之處，增加事件後續血如冰重新做人的玄南山劇情，讓整個故事更爲完整。我非常喜歡這個故事，很想說這是所有《左道書》單篇小說裡最喜歡的一篇，但其實我每寫完一篇都覺得最喜歡。

希望大家也喜歡。

戚建邦

二〇二三年十一月十日，台北

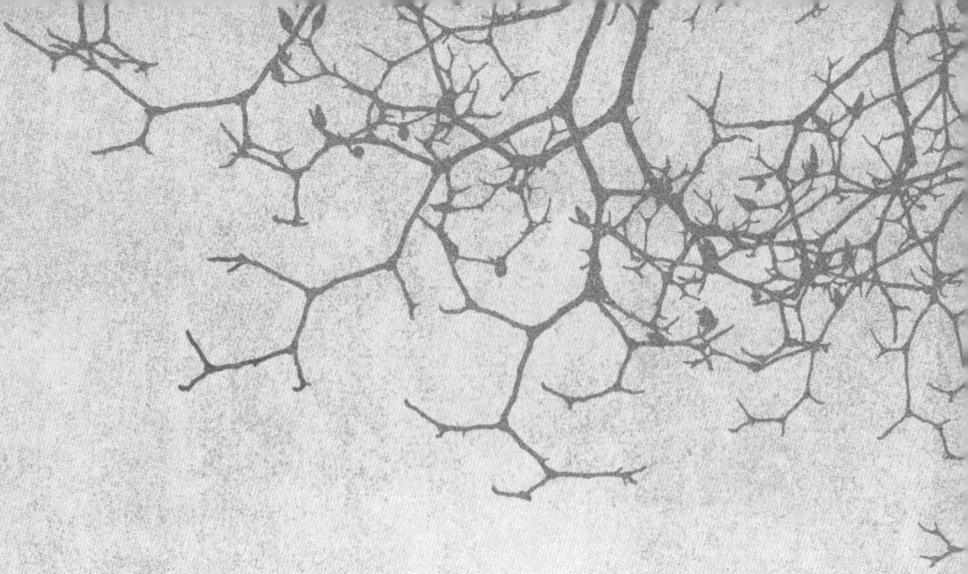

紅塵案

國家圖書館出版品預行編目資料

紅塵案/戚建邦著. -- 初版. -- 臺北市：蓋亞文化有限公司, 2023.12
面；　公分
ISBN 978-626-384-067-6(平裝)

863.57　　　　112021310

紅塵案

作　　者　戚建邦
封面插畫　蘇姿伊
封面裝幀　莊謹銘
總 編 輯　沈育如
發 行 人　陳常智
出 版 社　蓋亞文化有限公司
　　　　　地址：台北市103大同區承德路二段75巷35號
　　　　　電話：02-2558-5438　傳真：02-2558-5439
　　　　　電子信箱：gaea@gaeabooks.com.tw
　　　　　投稿信箱：editor@gaeabooks.com.tw
　　　　　郵撥帳號 19769541　戶名：蓋亞文化有限公司
法律顧問　宇達經貿法律事務所
總 經 銷　聯合發行股份有限公司
　　　　　地址：新北市新店區寶橋路二三五巷六弄六號二樓
　　　　　電話：02-2917-8022　傳真：02-2915-6275
港澳地區　一代匯集
　　　　　地址：九龍旺角塘尾道64號龍駒企業大廈10樓B&D室
　　　　　電話：+852-2783-8102　傳真：+852-2396-0050
初版一刷　2023年12月
定　　價　新台幣280元
Published and printed in Taiwan

ISBN / 978-626-384-067-6

八百擊

好故事，一擊入魂！

八百擊

好故事，一擊入魂！